JN282753

夜には甘く口説かれて

遠野春日

Illustration
蓮川 愛

B-PRINCE文庫

※本作品の内容はすべてフィクションです。
実在の人物・団体・事件などには一切関係ありません。

CONTENTS

夜には甘く口説かれて 7
ある夜の幸福 213
不器用な乱入者 233
あとがき 244

夜には甘く口説かれて

□□□

突然、枕元《まくらもと》で英雄ポロネーズが鳴りだした。

つい先ほどベッドに潜り込んだばかりで、ようやくうつらうつらし始めたところだった加藤《かとう》憲吾《けんご》は、くそっ、と小さく舌打ちすると、潔く布団をはね除けて充電器から子機を取る。

「もしもし？」

不機嫌丸出しの声で応じつつ、サイドチェストに置かれたランプのスイッチを入れる。そのときついでに目覚まし時計を見たら、午前三時過ぎだった。

「ああ……白石《しらいし》か……どうしたんだ、こんな夜中に？」

かけてきたのは憲吾と同じく弁護士をしている白石弘毅《こうき》という男だ。

憲吾と白石は司法修習生時代の同期である。研修所を出た今でも弁護士会館でちょくちょく顔を合わせるのだが、真夜中にいきなり電話をもらうほど日頃から親密な付き合いをしているわけではない。悪魔のように頭の切れる男、として昔からいろいろと噂《うわさ》には事欠かない白石に対しては、尊敬が高じて畏怖《いふ》の気持ちさえ抱いている。憲吾のほうが一つ年上だが、こんな場合年齢などまったく関係がなかった。

今仕事のほうはどうだ、といきなり聞かれた時点で、憲吾はすぐさまピンと来た。

「寝る時間もないほど忙しいということもないが、何か事件なのか？」

広域指定暴力団である川口組《かわぐちぐみ》の顧問弁護士などとも言われている白石は、年がら年中忙しそうだ。おまけについ先々月には白石本人が危うく起訴されそうなところまでいく事件が起き、世間を賑《にぎ》わせていた。ゴールデンウイークが過ぎるとようやくマスコミから追い回される状態も一段落したようだが、幸か不幸かメジャーになったが故《ゆえ》に事件の依頼件数はぐんと増えたらしい。そんな状況を考え合わせれば、この非常識な時間にわざわざ電話してきたわけは自《おの》ずと察せられてくる。

――殺人事件になるかもしれない案件の弁護を引き受けてもらえないか。

白石は神妙に切り出した。

殺人事件とはまた、穏やかではない。わざわざ「なるかもしれない」という微妙な言い回しをしているのがちょっと引っかかる。どういうことなんだ、と確かめたところ、被疑者がずっと黙秘を続けていて、まだ事件の状況が明らかになっていないらしい。

被疑者の母親とはちょっとした顔見知りで、どうか娘を弁護してくれと懇願《こんがん》されたのだが、あいにく今ほかの仕事で手一杯で、どうにも身動きがとれない状態になっている。憲吾以外に頼めそうな人がいないのだが、引き受けてもらえないか——白石は真摯《しんし》な口調で告げた。

「確かに俺は検事局に五年いてから弁護士に鞍替えしたクチだが、ここ最近は民事以外扱ったことがない。いいのか、俺で？」

個人でしがない弁護士事務所を開いてから、まだ二年目だ。事が事だけに憲吾も慎重になる。藁《わら》にも縋《すが》る気持ちでいるであろう被疑者に、白石に代わって自分が遜色のない弁護をしてあげられるかどうか、確固たる自信はない。

それに対して白石は、おだてかもしれないが、きっぱりと「きみなら大丈夫だと思っている」と言い切った。

そこまで言われては憲吾も引き下がれない。

「どういう事件かあらましを聞かせてくれ」

白石が要点だけをかいつまんで話したところによれば、死んだのは被疑者の実の弟。死因は頭部打撲による頭蓋内出血。凶器は死体の傍《かたわ》らに転がっていたブロンズ製のオブジェとみられている。被疑者と弟とは日頃から仲が悪かったようで、昨晩遅く、弟と口論していた声が聞こえていたことを隣家の住民が証言している。被疑者は弟の死体の傍《そば》で放心し、へたり込んでいた。警察への通報はスナックの仕事を終えて帰宅した母親がしており、通報時刻は午前二時三分と記録されている。被疑者は任意同行を求められ、現在警察で取り調べ中だ。外部から人が侵入した形跡はなく、盗まれた物もない。事情を説明できるのは被疑者だけだと思われるのだが、本人は相当混乱していていっさいに関して口を噤《つぐ》んだままだ。だが、これだけ状況証拠が揃っているわけだから、明日にでも検察に押送《おうそう》されるだろう。だいたいのあらましはそんなところだった。

白石は母親がやっているスナックに二、三度付き合いで行ったことがあるらしい。たまたま店の手伝いをしていた被疑者にも一度会ったことがあるそうだ。そのときは、おとなしくて我慢強そうな子だという印象を受けたと言う。だから、つい先ほど母親から電話がかかってきて今回の事件を知らされたときには驚いた、と言っていた。

「それで、真犯人は別にいると思うか？」

憲吾は率直に聞いてみた。

白石は少しだけ返事に間をおき僅《わず》かな躊躇《ちゅうちょ》を見せたあと、あくまでも冷静にその可能性を否定した。そんな事実を示す証拠はいっさいないし、おそらく今後出てくる可能性も低いだろう。起訴は免《まぬが》れないと腹を括《くく》って弁護に当たるほうがいいと言う。

となれば、憲吾にできるのはどれだけ量刑を少なくさせられるかということだ。

「白石のたっての頼みだ。どこまでやれるかわからないが、精一杯力を尽くそう」

迷った末に憲吾が事件を引き受けると、白石はホッと肩の荷を下ろしたような吐息をつく。

どうやらこの事件には何か奥深い事情がありそうだという感触を持っている、と白石は言う。そこを丁寧《ていねい》に探っていけば必ず弁護の突破口は開けるのではないか。電話を切る前にそうアドバイスしてくれた。そして、助けがいるときには必ず相談に乗るとも約束した。

すっかり眠気が吹き飛んでしまった。

姉が弟を殺した、のかもしれない事件――。

弟が死んでいる現場で放心していた被疑者が唯一の目撃者らしいのに、彼女はまったく話をしようとしない。いったいそこで何が起きたのだろう。

――二人の間にはどんな確執があったのか。

被疑者がすべて話してくれれば状況が摑《つか》めて弁護の方針が立てられるのだが、黙っていられてはどこにポイントを絞ればいいのかさえ判断できない。

憲吾はまず、どうにかして被疑者からそれを聞き出し、事実関係を確かめることから始めなければならないようだ。

1

この事件は刑事部の深水《ふかみ》という検事が担当することになった、と憲吾は知り合いの刑事から教えられた。

「今年任命されたばかりの若い検事だ。深水元哉《もとや》。司法試験に現役で合格したエリートだと」

「へぇ。じゃあ二十五くらいってことですか」

「ああ」

刑事はそこで意味ありげにニヤリとする。

「オレもちょっと会って話してきたが、ありゃあ手厳しそうだぜ。清廉潔白《せいれんけっぱく》な、いかにもいいところのお坊ちゃんふうで、規範どおりに物事を運ばないと気がすまないってカンジだ。おまえさんも貧乏籤《びんぼうくじ》引かされたな」

「最初は誰でも使命感に燃えてるもんなんですよ。かくいう俺もずいぶん空回りしてましたからね、当時は」

貧乏籤、などと初っぱなから冷水をかけられては気力が萎《な》える。憲吾は一言多い中老の刑事を恨めしげな目で軽く睨《にら》んだ。

「でも、海千山千《うみせんやません》の強者刑事イチさんがそんなふうに言うってことは、深水検事、本当に手強そうだってことですね」

「なんていうか血の温度が低いタイプだな」

イチさん、と憲吾は呼んでいるが、本名は市河《いちかわ》だ。市河敦《あつし》巡査部長である。憲吾が検事時代からの顔見知りだから、ある意味気心は知れている。

「それってつまり、情容赦なさそうってことですか」

「まぁそんなところかな」

ふう、と溜息《ためいき》が出る。

新任検事の指導には先輩の室長検事が当たっているはずだが、おそらくこれは深水検事にとって初めて任された重要事件かもしれない。となれば、さぞかし張り切っていることだろう。しかも冷血っぽいエリートときた。

エリートといえば憲吾には完璧主義でクールなイメージがある。物事に対したときの考え方がすべて理詰めのように感じられて、なかなか相容れそうにない気がするのだ。どちらかといえば憲吾は直感や印象を大切にして仕事をするほうだ。理詰めでしかものを考えない連中にそれを理解させようとしても至難の業である。ただ、起訴担当検事と裁判に立ち会う公判担当検事は別なので、実際に裁判所で戦う相手が深水でないのは確かだ。ただし、それが吉と出るか凶と出るかはまだわからない。

憲吾はこめかみに人差し指をぐりぐりと押し当てた。

「まぁ、俺の仕事は被疑者のためにできるだけの弁護をすることだから、相手が誰だろうと精一杯やらせてもらいますよ」

「そうだな、まずは本件が殺人罪に当たるのか傷害致死罪に当たるのか、そのへんをはっきりさせないと起訴状が出せない。被疑者は今のところずっと黙秘しているが、取調官が深水検事みたいなタイプだと、悪印象が強まるばかりだろう。前科のない若い女性とはいえ、彼が特にそこを考慮するようにも思えないからな。あまり楽観視するわけにはいかないいんじゃないか」

起訴事実が「殺人」か「傷害致死」か、では求刑《きゅうけい》の内容が違ってくる。裁判ではほとんどの場合、裁判官が言い渡す判決は求刑されたものを八掛け程度にした刑になりがちだ。裁判の段階で、罪を犯すまでに至った過程や被疑者側の事情、被害者との間にどんな関係があったのかなどを明らかにすることで、情状酌量の余地は生じるだろうが、人が死んでいるような重大事件の場合、どの罪で起訴されるかは裁判の様相を大きく左右する。

ことが「殺人」だったのか「傷害致死」だったのかを見極めるときの基本的な判断は、ごく簡単に言ってしまえば、被疑者に殺人の意思があったかなかったかによる。

姉が実の弟を撲殺した、というのが事実なら、これはいささか背筋が寒くなるような事件だ。

ここに来る前、朝一番で被疑者の母親にも会ってきた。母親は小さなスナックを経営しており、一見すると楚々《そそ》とした美人なのだが、どこか生活に疲れ、身を持ち崩した印象が窺《うかが》えた。顔つきや言葉遣《ことばづか》いの上品さと裏腹に、ときどき媚《こ》びるような目で憲吾をちらちらと見るのが卑屈に思えて、どうにも煩《わずら》わしかったのだ。憲吾はゲイなので、もともとどれほど綺麗《きれい》な女性から秋波《しゅうは》を送られてもよろめかない。だがそれとは別の意味で彼女には深入りしたくない感触を抱いた。それは、息子の死を悼《いた》みつつも逮捕された娘の身を案じているはずの母親の顔が、無機質な仮面のように見えたからかもしれない。憲吾には、彼女が一番心配しているのは、これからの自分の身の振り方だけのように思えた。それが、たまらなく嫌だったのだ。家族の絆《きずな》がどこにもない。ちょっと知っているというだけの白石に弁護をしてくれと泣きついたことすらも、ひどく計算高く感じられてきた。白石の代理だと憲吾が挨拶《あいさつ》したときの彼女の顔はどこか不満そうだった。ただそれは一瞬のことで、すぐに寂しげな笑みを浮かべて取り繕われたので、憲吾もそのときは自分の気のせいかと思った。だが、話を聞き出していくうちにやはり気のせいではなかったと確信したのだ。

彼女の夫であり姉弟の父親だった男は、家族を置いて十年以上も前に失踪《しっそう》している。

以来、家族三人の生活は母親の始めたスナックからの収入を主に頼りにしているそうだ。母親は毎晩遅くまで店に出ている。その結果家の中のことにまでは手が回らず、娘に任せきりだったらしい。

そんな中、弟が悪い仲間に誘われて高校をサボりがちになり、結局中退。二十歳《はたち》過ぎてもぶらぶらしているだけでいっこうに働く気配もなく、昼間からパチンコ店に入り浸ってばかりいたそうだ。

三つ年上の被疑者との仲が決定的に険悪になったのはここ半年ほどのことで、あのおとなしい子が、と母親も驚くほど、時には金切り声を上げたりヒステリーを起こしたりしていたらしい。

一度などは「あんたなんか死ねばいい」「殺してやる」などと叫んでいるのを聞いた、と沈痛な表情で話していた。

どうやら母親は娘に殺意があったのだと信じているようで、「どうしたらいいんでしょう」「わたし、どうすれば……」としきりに涙ぐむ。

その段階では憲吾もはっきりとしたことは何も言えず、彼女を宥《なだ》めて気をしっかり持つように励ましただけで、その後取り急ぎ警察に駆《か》けつけたのだ。

これから被疑者と接見し、どうにかして話を聞かねばならない。

憲吾は周囲に聞き込みして得られた情報をひととおり頭に入れた上で、警察に勾留《こうりゅう》されている被疑者、百合本暁美《ゆりもとあきみ》に面会するため、市河と一緒に面談用の小部屋を後にした。

「おっ」

先に廊下に出ていた市河が、いきなり妙な声を立てた。

なんだ、と気になり、憲吾も市河の視線の先に目を転じる。

廊下には警察職員や一般人が入り交じり、それぞれの目的地へ向かったり立ち話したりしていたのだが、市河が見ているのはこちらに向かって歩いてくる二人連れだ。

きっちりとスーツを着こなした年若い男と、その少し後方に付き従っている三十代後半ぐらいの地味な男。

手前の若い男は、思わず目を瞠《みは》ってしまうほどの美形だ。

それほど背は高くないが、すらっとした体型にカフェオレ色のスーツがぴったりと似合っている。色が白くて嫌みなくらい整った顔が高慢そうに取り澄ましていなければ、まさしく憲吾の好みのタイプである。せっかちそうな早足で歩くので、長めに伸ばした髪が微《かす》かに揺れている。二人はすぐにここまで来て、憲吾たちとすれ違っていきそうだ。

「あれが深水元哉検事だ」

ヒソ、と市河が憲吾に耳打ちする。

「なるほど」

憲吾も低めた声で返した。

検事とその連れである検察事務官はもう三メートル先にまで迫っている。

まっすぐに前方だけを見据えて歩いていた検事の視線が、不意にずれた。

こちらを見たのだ。

正直なところ、憲吾はドキッとした。

いきなり視線を向けてきたからということもあるが、それよりも、目を合わせた瞬間背筋がゾクッとし、心臓を鷲掴みされたような心地になったからだ。

澄み切った黒い瞳に射竦《いすく》められた――とでも言えばいいだろうか。

僅かな間だったが、憲吾と深水は真っ向から相手を見つめ合い、二人にしかわからない「何か」を感じた気がする。それは、立場こそ違えども法曹界《ほうそうかい》に身を置く者同士で感じ合う同胞意識だったのかもしれないが、単にそれだけではない「何か」がまだ混在していたように思う。

いったん絡み合った視線はすぐに解《と》けた。

憲吾たちの目の前に検事と事務官が差しかかる。感情などいっさい排除したかのような無表情のままだ。

「お疲れさまです、検事」

市河が声をかけた。

憲吾はともかく市河とは面識があるはずだろうに、会釈《えしゃく》もしなければニコリと口元を綻《ほころ》ばせる程度のこともしない。しかし市河にとっては慣れたことらしく、深水の愛想のなさに特別気分を害したようでもなかった。

作りものの人形みたいな男だな、と憲吾は思った。

できすぎだろう、と言いたくなるほど整った横顔を自然と目で追いかける。どうにも意識を逸《そ》らせなかったのだ。

さらっとした髪が、開いている窓から吹き込んできた春風になびく。それが邪魔だったのか、深水は手を上げて額《ひたい》にかかる髪を無造作に掻き上げた。白くて細い指の動きが目の隅ぎりぎりに入ってくる。

印象的、という言葉が浮かんだ。

それ以外に深水を表すのにふさわしい単語を、とっさに思いつかない。

「なぁ結構目立つだろ？」

市河が憲吾の袖《そで》を引き、ニヤニヤしながら言う。

「……ええ」

結構どころか、ものすごく目立つ。プロフィールもすごいが、あの見てくれだけでもいろいろな噂の対象にされるだろう。

「だけど、おまえさんだって捨てたもんじゃないぜ」

慰めともお世辞ともつかぬことを市河が言い添える。だが憲吾は深水のことばかり考えていて、ほとんど耳に入れていなかった。

これから起訴までの間あの男と対峙《たいじ》するのか。

考えただけで憲吾は気持ちが逸《はや》る。

「イチさん」

憲吾は内心の動揺を抑え、改まった声で市河に聞く。

「なんだい色男」

軽口を叩きながらも、市河も顔つきを真剣に引き締めていた。

「被疑者はまだ何も話そうとしないんでしたよね？」

「ああ、そうだ。こっちも調書が作れなくて困ってる」

なるほど、だから新米検事自らが警察に出向いて刑事たちに発破をかけに来たということのようだ。

どちらが先に被疑者の心を摑み、真実を語らせることができるのか、今度の事件ではそれがカギになる。

憲吾は俄然《がぜん》闘志を掻きたてられた。

相手があれほどに憲吾の心を掻き乱す男だとわかったからには、最後までがっちりと五分の勝負がしてみたくなったのだ。あの取り澄ました氷のような美貌に当てられたのかもしれない。情など入り込む隙間《すきま》もなさそうな無表情を、こっぴどく歪ませてみたいと思う。深水のようなタイプは一度そういう屈辱感に晒《さら》されたほうがより大きく成長できる気がする。

勝負とはいささか微妙な言い方で誤解を招きそうだが、要は、どちらがより被疑者の真実に近づけるのか、ということである。

きっと被疑者には黙秘を貫かねばならない理由があるはずだ。

それを聞き出し、できるだけ罪が軽くなるように計ること。

被疑者が弁護士を味方だと信じて何もかも明かしてくれなくては、最良の手は打てない。本来味方であるはずの弁護士に心を開かないのなら、自分を起訴するために取り調べをする検事にはなおさらだろう。黙秘し続ける被疑者に、綺麗に整いすぎた能面みたいな顔で会い、型どおりの質問をしてみたところで、相手が心を開くとは思えない。

憲吾には深水より先に自分が被疑者の心を摑めるのではないかという自信があった。

やってやろうじゃないか、と闘志が湧《わ》いてきたのはそのためだ。

検事の仕事は単に事実確認をして事件を起訴すれば終わりではないし、弁護士側も黙秘を続ける被疑者に、少しでも検察側に対する心証をよくしてできるだけ刑を軽くしてもらうように説得するだけでは十分ではない。

なぜ事件が起こったのか被疑者の視点からも考え、隠れた真実があるのならそれを引き出してやり、被害者と被疑者双方の関わり合い方がどういうものだったのかを含めて事件の全貌《ぜんぼう》を解明しなければ正しい求刑はできないだろう。上っ面だけを見ていては間違ってしまうことも、十分あり得るのだ。

まずは、本当に被疑者が弟の死に関係しているのか、という点からはっきりさせていく必要がある。

もし関係しているのなら、果たして殺意はあったのかなかったのか。

さらに、殺意があったとすれば、被疑者をそこまで駆り立てた原因はなんだったのか。

白石から回ってきた依頼だという義理からだけではなく、憲吾は自らの正義感と職責で、この事件を最後までやり遂げようと思った。

＊

強化プラスチックで隔《へだ》てられた向こう側に姿を現した百合本暁美は、母親似ではなかった。

母親の富子《とみこ》は瓜実顔《うりざねがお》ののっぺりとした京風美人だが、暁美はどちらかというと色黒で南国風の濃い顔立ちをしている。体つきも母親ほどすらりとはしておらず、和服が似合いそうだとはお世辞にも思えなかった。着ているものが色気もそっけもないトレーナー一枚のせいか、二十三という年齢よりも少々幼く見える。化粧をまったくしていなかったせいでもあるだろう。

「こんにちは、暁美さん」

少しでも張りつめた気持ちを解《ほぐ》してやれればと、憲吾は暁美に柔らかく笑いかけながら、重い調子にならないようにあえて明るく挨拶した。

「お母さんか刑事さんたちから聞いているかな。俺が今回の事件であなたを弁護することになった弁護士の加藤だ。加藤憲吾」

憲吾が話しかけても暁美はぼんやりとした目で見返すばかりで、ラインのくっきりとした唇は頑《かたく》なに引き結んだままだった。相変わらず誰とも話をする気はないらしい。

辛抱強くいくしかない。

憲吾はそう決意していた。

「今から俺のする質問にできるだけ答えてくれないかな。なにも難しいことは聞かないよ。ここでの会話は誰も聞いていないし記録にも残らない。弁護士には依頼人の秘密を守らなくてはならない義務があるから、俺はここで聞いたことを絶対に誰にも話さない。……これを守秘義務っていうんだけど、聞いたことないかな？　テレビの二時間枠でやっているサスペンスドラマとか見ていたら、結構出てくるんだが」

いろいろと蛇足であろうことも口にしてみせたのだが、暁美はやはりうんともすんとも反応しない。押し黙ったきりで、一度だけ憲吾の顔を仰《あお》ぎ見ると、あとはずっと俯《うつむ》きがちになっている。膝《ひざ》の上にのせた手にでも視線を落としているようだ。

「あのね、暁美さん」

憲吾はなるべく簡単な言葉を使うように心がけ、嚙《か》み砕くようにして話しかけ続けた。

「確かに喋《しゃべ》りたくないときには喋らなくてもいいですって法律はあるけれど、時と場合によっては黙ったままでいることが自分にとって不利益に働いてしまうこともあるんだよ。今度の事件について一番知っているのは、たぶんあなただ。もし犯人がほかにいるのならそいつを見つけ出さなきゃいけない。それにはあなたが協力してくれる必要があるんだ。必要というより、はっきりいって義務になるね」

義務、という言葉がちょっと意外だったのか、暁美が僅かに顎《あご》を上げた。

「暁美さん」

憲吾は次にズバリと核心を衝《つ》く。

「百合本滉一《こういち》くんの死にあなたは関係しているのかいないのか、どっちだ?」

ビクッと暁美の肩が揺れた。

憲吾には人の心を読み取る力はないので、それだけではどっちだかわかるはずはない。けれど、十年近くこの世界で飯を食ってきたものの勘から、暁美の答えはイエスなのだと感じた。たぶんそれに関しては、市河も同じ感触を覚えているようだ。さっき「どう思う？」と聞いたとき、市河は口をへの字に曲げて肩を竦めてみせただけだったが、表情から「あれはやってるな」と思っているのがわかったのだ。

「あなたがもし罪を犯したのなら、一刻の猶予《ゆうよ》もない。包み隠さず弁護士である俺に相談してくれないか。でないと、俺は裁判になったとき、どんな反論もできないまま検察側の求刑に判事が判決を下すのを、手をこまねいて見ていなくてはならないんだ。――その罪というのが、たとえば殺人だったなら、最低三年の懲役に服することになると覚悟したほうがいい」

それでもいいのか、と無言の問いかけをする間をつくり、憲吾は顔を斜《なな》めに背《そむ》けている暁美の心にあえて揺さぶりをかけた。

「もし、正当防衛だとか、なんらかの止むに止まれぬ事情があったのなら、今すぐ打ち明けなさい。今日、検察の連中とも会っただろう？」

暁美は検察という単語にビクッと反応した。

よほど怖いことを言われたのか、思い出したようにブルブルと体を震わせる。どうやらあの美貌の検事は、ずいぶん冷淡な尋問の仕方をしたらしい。

落ち着かないように胸まで伸ばした黒髪を右手で弄《いじ》る。暁美は一般的に言う美人ではないが、髪と肌は綺麗だった。ついでにふくよかな胸にもセックスアピールがあるだろう。肉感的とまではいかないが、男心をそそる体つきをしているのではないかと思う。もっとも、憲吾は完全に女性を対象外にしているので、自分自身がそそられるわけではない。

憲吾は外堀を埋めるようにじっくりと暁美に事の重大さを話した。

このまま黙秘を続けていれば検察側の心証が悪くなる。状況証拠からしても今のままではあまりにも分が悪い。事件の時の様子を知っているだけ話してくれないと、弁護側としても殺人罪で起訴されてしまうのを阻めないかもしれない――等だ。

しかし、どんなに宥めても賺《すか》しても、あるいは少しばかり恐怖心を与えてやっても、暁美は最後まで口を開いてくれない。

時間切れになり、憲吾はいったん退《ひ》くことにした。

暁美に何かを喋らせるためには、もっと詳細な事件の記録や証拠が必要だ。それらのものを突きつけてみて、もう引き籠《こ》もれる場所はないのだと教えてやるしかない。

それでも、向き合ってみてはっきりと、この沈黙の裏には何かとても悲痛で大きな事件が隠れているのだと確信した。

暁美の頑なな態度が、憲吾の勘にそう強く働きかけたのだ。

＊

警察署を出たのは二時過ぎだった。

空腹を感じる。朝食をトーストとコーヒーだけですませて出てきていたので、当然といえば当然だ。

確かこの近くに四時までランチメニューを出している店があったはずだ。そこで腹ごしらえをしてから、もう一度百合本家を訪ねてみよう。母親の富子はしばらく店を休んで息子の喪に服すつもりだと話していた。それならば夕方から会いに行っても家にいるだろう。

憲吾は警察署から歩いて七分ほどのところにあるレストランのドアを引いた。

「いらっしゃいませー」

明るい日差しが大きく取られた窓から燦々と降り注ぐ店内は、ピークの時間帯を過ぎているせいかさほど混んでいない。

「お好きな席にどうぞ」

店員に促され、憲吾はぐるっと店内を見渡した。

その目が、カフェオレ色のスーツを着た細い男の姿を捉《とら》える。

――あれはさっきの。

深水検事だ。間違いない。こちらに顔を向けて座っているので、俯きがちであってもはっきりと見て取れる。彼の向かいは空席になっているところからして、お付きの事務官は先に帰したようだ。テーブルの上に開いている分厚い本は、どうやら法律関係の小難しい本らしい。こんなところでまで勉強とは熱心なことだ。

憲吾は横目でずっと深水を見ながら、柱の向こうのテーブルに着いた。ここからだと深水の斜め後ろの位置になる。憲吾からは彼の横顔が見えるが、深水は後方を振り返らない限り憲吾には気づかないだろう。もっとも、さっきから見ている間にも、深水は全然本から目を上げない。周囲になどまるで関心がないようだ。このぶんでは、たとえ彼のすぐ目の前のテーブルに座ったとしても気づかれないに違いない。

注文したランチが運ばれてくるまでの間、憲吾は頭では事件のことを考えながらも、視線はじっと深水に向けていた。

まずは暁美と滉一の不仲の原因をはっきりさせることが肝要《かんよう》だ。富子の話では、滉一が高校に入学してよくない連中と知り合い、授業をさぼって遊び歩くようになった頃、暁美は滉一にずっと口を酸っぱくして忠告していたそうだ。滉一の将来を慮《おもんぱか》り、ちゃんと学校に行って勉強するように繰り返し言い聞かせていたらしい。しかし滉一はすっかり遊びほうけて楽をすることを覚えてしまい、だんだん暁美をうるさがるようになった。暁美が「友達は選びなさい」と忠告したときなど「おまえの知ったことか」「よけいなお世話だ」と怒鳴り、家を飛び出すなり二、三日帰ってこなかったこともあったらしい。

姉弟仲がぎくしゃくとしだしたのはこの頃からのようだ。四年ほど前からすでに家の中には不協和音が生じていたことになる。富子ももちろん滉一の生活態度が乱れていることには気づいていたが、仕事が忙しく、かまう暇がなかった、と項垂れていた。たぶん、母親が滉一を放任したままなので、暁美は自分が姉として弟をまっとうな道に戻さなければという使命感に駆られていたのだろう。

顔を合わせると小言を言う暁美と、そのたびに反発し、家をプイと飛び出す滉一。しばらくはそんな感じで、ある意味それが日常的な光景にまでなりつつあったらしいのだが、二人の関係は滉一がとうとう高校を中退してしまってから、さらに悪化した。

毎日パチンコ店に入り浸り、よくない連中を家に上げて真夜中まで騒ぐ。

暁美が少々何か言ったところで、滉一はまったく耳を貸さない。

十七、八歳といえば、体つきも大きくなり、もう少年とは呼びがたくなる頃だ。暁美は自分より遙《はる》かに背の高い、力もある滉一に対して、姉だという立場以外では太刀打ちできなかっただろう。その姉という立場すら、滉一にはなんの効き目もなくなっていたと思われる。滉一はふてぶてしい態度で開き直り、暁美を無視した。暁美は生真面目で潔癖性なところがあるらしく、それでも諦《あきら》めずに滉一に向かって行っていたそうだ。

——そして、ついには殴りつけてしまうまでになった？

憲吾は顎を撫《な》で、もう少し何か足りないな、とひとりごちた。

接見したときの印象からも暁美は忍耐強そうな性格の持ち主だと感じた。その彼女がキレてしまうには、まだもっと決定的な原因がほかにないと弱い気がする。半年ほど前から弟に対してしばしばヒステリーを起こしていた、というのも引っかかる。何かあったのではないか。

富子もたぶん今朝よりは落ち着いているに違いない。彼女が何か知っていればいいが……。

「お待たせしました」

テーブルにランチセットの皿が置かれ、憲吾は考えるのを中断した。

目の隅で捉えていた深水は、相変わらずさっきからほとんど同じ姿勢を保ったまま読書に耽《ふけ》っている。一度店員がコーヒーのお代わりを注いでいったが、顔を上げもしなかった。

なんだか気になるんだよな。

憲吾はどうしても深水を見るのをやめられなくて、我ながら困ってしまう。

見れば見るほど、綺麗な顔をしている男だ。肌の白さとサラサラとした髪の美しさも、とても自分と同じ男とは思えない。綺麗な男は何人か知っているが、これほど憲吾の心にストレートに入り込んできたのは、深水が初めてではなかろうか。神経質そうで、あまり他人を心の中に踏み込ませないような頑なさが感じられる。きっと世渡りがあまり上手ではないタイプじゃないかな。憲吾は勝手にそう思った。

あのピリピリした雰囲気。

うっかり近づいたら青い火花が散りそうだ。

それなのに無関係ではいられない気にさせられるのは、深水がどこか無理をして突っ張っているような危うさを感じ、放っておけないと思うからだろう。

そんなに肩に力を入れてないで、もっとリラックスしろよ、と言ってやりたくなる。

もし実際にそんなことを言えば、たちまちあの切れ長の印象的な目でキッと睨まれ、よけいなお世話だ、とけんもほろろに返されるのだろう。

憲吾は決してお節介焼きではないのだが、深水には妙にかまいたい気持ちになっていた。冷たくあしらわれてもいいから、一度はっきりと自分を認識させたい。深水の頭の中に、加藤憲吾という男の存在を刻み込ませたい。そんな欲が出る。

まずいな、と憲吾は思った。

こういう気持ちがどんな場合に湧くのかは過去の経験からして明らかだ。

さっき初めて顔を合わせただけの相手なのに、どうやら普通以上の興味を持ってしまったらしい。もっとよく知り合ってみなければこの先の展開は読めないが、このままスルーしてしまいたくないという気持ちになっている。

食事をしている間は、事件のことより深水のことを考えていた。

深水はきっと想像もしないだろう。斜め後ろからじっと見つめられ、名前も知らない男からあれこれ思われているなど。

憲吾は食後のコーヒーを運んできてくれた店員が、深水のテーブルの傍を通りかかったとき、またもや彼のコーヒーカップにお代わりを注いでいったのを見ていた。

深水が新しいコーヒーで満たされたカップを持ち上げ、唇をつける。

憲吾もゆっくりとコーヒーを飲んだ。

同じサーバーから注がれたコーヒーを飲んでいる。たったそれだけの、ごくありふれたことだが、憲吾は奇妙な嬉《うれ》しさを感じた。取り立てて言うほど美味しいコーヒーでもないのに、特別なもののように思えてくるのだから不思議だ。

できることなら深水に話しかけたい。

だが、向こうは検事でこっちは弁護士だ。百合本暁美を間にして真っ向から対峙し合う立場である。自重したほうがいいのはわかっていた。

憲吾は一瞬だけ事件で繋がっている関係を恨めしく感じたが、すぐにそれは否定する。百合本暁美の件を引き受けたからこそ、深水を知る機会もできた。そうなると、今の立場を恨むのは筋違いというものだ。

事件に片がついてからなら堂々と話しかけられるだろうか。

ああ、だが、それはあまりにも焦《じ》れったい。

憲吾はもともとそんなに簡単に興味を持った相手を口説けるほうではない。どちらかといえば、慎重に相手を見定めてから行動に移すことが多かった。性的嗜好《せいてきしこう》においてはマイノリティに属すので、そんなに気軽には恋愛できないからだ。

まず、相手がどっちなのかを見極める。

それから、脈がありそうだと思ったら声をかけて誘ってみるのだ。

憲吾がいいなと感じた相手が、憲吾を恋人として受け入れてくれる確率はかなり低い。仲間内ではたまに「同じ嗜好のヤツは勘でわかる」などと言う者もいるようだが、憲吾には残念ながらそういう勘は備わっていないらしい。だから、いいなと感じたら、慎重に探りを入れる。

そしてどこからどう見てもノーマルだとわかれば、何も告げずに恋愛の対象から外す。その後は、自分がそのまま割り切って友人として付き合えそうだったらそうするが、たいていは自然と疎遠になるように仕向けて離れる場合がほとんどだ。

深水を恋人にできたらどうだろう。

考えただけで憲吾は胸が熱くなってきた。

なんだか彼に対してはいつものように冷静になれそうにない。手順を踏んで男同士でも許容できるかどうか見極めるところから始めるようなまどろっこしいことはせず、いっそ押し倒して強引にでも口説き落としたい欲望を覚えるのだ。

俺はこういう情熱的な恋もできる男だったのか。知らなかった。

憲吾は自分の中に密《ひそ》かに存在していたらしい獣じみた部分が意外だった。いつも余裕のある恋をする自分としか対面してこなかったので、淡泊なのだと思いこんでいた。しかし、どうやらそうではなかったらしい。たまたまそんな気持ちにさせられる相手と出会っていなかったというだけの話だったのだ。

しかし、もし深水と親しくなることが可能だったとしても、口説くのはエベレスト登頂よりも困難な気がする。

正攻法でもだめだが、相手の隙をついて体からどさくさ紛れに籠絡《ろうらく》するようなやり方も通用しそうにない。かといって簡単には諦めきれない。

憲吾は溜息をついた。

久しぶりに胸がときめいたのに、どうも分が悪すぎるようだ。

やはり今はよけいなことを考えず、百合本暁美の事件に集中するべきか。

憲吾が自分にそう言い聞かせたとき、深水のテーブルに地味なスーツを着たちょっと猫背気味の男が近づいてきた。手にはずっしりと重そうな黒い書類鞄《しょるいかばん》を提《さ》げ、脇には厚く膨らんだ封筒を挟んでいる。

深水の事務官だ。美村《みむら》という名だと市河から聞いていた。

「深水検事」

美村の声はそれほど大きいわけではなかったが、距離が近いので、憲吾の耳にははっきりと話の内容が聞き取れた。

「頼まれました資料、すべて揃えてお持ちしました」

「ああ。ご苦労様」

深水が立ったままの美村を仰ぎ見る。

美村はその場で脇に挟んできた封筒を差し出すと、受け取った深水が中身を引き出して、ざっと確かめるのを見守っていた。

「よろしいでしょうか」

深水はそっけなく頷《うなず》き「いいようだ」と答える。

「ありがとう。きみは先に戻っていいよ。僕はこのあと四時から、被害者と交流のあった安本《やすもと》ほか二名と会う約束になっている」

「はぁ。それでしたらお供いたします」

深水は驚くほど素早く、しかもぴしゃりと美村事務官の申し出を断った。

「必要ない」

これには憲吾も眉《まゆ》を顰《ひそ》めてしまう。

通常、検事が取り調べをするときには検察事務官も同行するものだ。それにはちゃんと理由もある。一対一で取り調べに臨むと、いざ問題が発生したときに対応ができなくなるからだ。言った言わないの水掛け論になった場合、客観的な判断を下せる人がいないと収拾がつかなくなるというのもあるし、万一危険な目に晒されたときにも身を守ってくれる人がいないことになる。

「べつに検面調書を録取するわけじゃない。ただ会って少し話をしてくるだけだから」

「は、はぁ……」

美村は弱り切った表情で深水を見ていたが、それ以上食い下がろうとはしない。たぶん、よけいなことを言ったら、深水の機嫌を悪くさせるだけだとわかっているからだろう。

「では、くれぐれもお気をつけくださいね、検事」

まるでわがままなお坊ちゃんを心配する執事のような感じだと憲吾は思った。どうやら美村は深水のことが嫌いではないらしい。世間知らずな傲慢さや高飛車さで周囲に深水が疎《うと》まれるのを、なんとか自分が間に立つことでうまく処理してやりたいと努めているようなのが察せられる。

気苦労の多い事務官だ。気の毒に。

憲吾はちょっと美村に同情した。深水と周囲との間に挟まれてきゅうきゅう言わされているのが目に浮かぶようだ。深水ももう少しどうにかなればいいのだろうが、あの綺麗な顔に不似合いなきつそうな性格は、一朝一夕では変わりそうにない。

「あ、それから、差し出がましいようですが、お食事はきちんと摂《と》られたほうがいいですよ。またコーヒーだけですませられているんじゃないでしょうね？」

「いいからもう行ってくれ」

図星を指された気まずさからか、深水がプイと顔を背け、苛立《いらだ》ちを隠さない声で言う。

美村は「申し訳ありません」と謝りながら一礼すると、まだ気がかりそうに深水を振り返りつつ出入り口に向かって歩き去った。

最後のあの態度はさすがにないだろう、と憲吾はおとなしく引き下がった美村の代わりにカチンときた。

美村ももっと怒ってやればいいのだ。もっとも、美村の立場ではそれも難しいだろうが、本気で深水の心配をするのなら、一度鼻っ柱をへし折ってやったほうが結局は深水のためになる。

憲吾は飲みかけのコーヒーカップをテーブルに置いたまま、鞄と伝票を手に立ち上がった。

「ありがとうございました」

店員が気づいて声をかけてくる。

憲吾は店員と目を合わせ、まだ帰るわけじゃない、というように手を振ると、深水のテーブルを指差した。知り合いを見つけたからあっちに行くよ、と伝えたのだ。店員はすぐに納得した表情になった。

相変わらず深水はまるで気づかない。

こうなると周囲に対する完璧なまでの無関心さに脱帽したくなるほどだ。

大股で深水が座っているテーブルに歩み寄った。

「失礼、深水検事」

向かい側の椅子《いす》を引いて、相手の許しも求めずにさっさと腰を下ろす。

「えっ?」

ようやく本から顔を上げた深水が、驚いた顔をして憲吾を見返してきた。

「ちょっと、あなた、なんのつもり——」

「すみません、注文お願いします!」

憲吾はムッとした顔になって抗議する深水の声を遮って店員を呼んだ。

「ランチひとつ。それと、コーヒーのお代わりを」

「かしこまりました」

「ちょっと！」

自分を無視された憤《いきどお》りのためか、深水の白皙《はくせき》はさらに赤くなり、おとなしくしていれば涼やかで理性的な瞳は不穏な色を湛《たた》える。

「加藤憲吾だ」

憲吾は先制攻撃を仕掛けるように、まず名乗った。

一瞬深水の表情に戸惑《とまど》いが浮かぶ。

そこを逃さず憲吾は畳みかけた。

「弁護士をしているんですよ。さきほど西警察署の廊下でお会いしましたよね。覚えていらっしゃるでしょ？　あんなにはっきりと目が合ったんだ。それとも検事は相当な近眼なのかな。俺の横にいた市河巡査部長が見えなかったらしい。ああ、そうだ。声も聞こえなかったようだから、お若いのに難聴の心配もしたほうがいいのかな？」

「し、失礼な……！」

あまりの暴言に深水は言葉に詰まったようだ。今までこんな無礼な態度で挑んでくる相手には出会ったことがないらしい。現役時代に司法試験ストレート合格のエリートだ。おまけにこの冷たい感じの美貌では、取っつきにくさに周囲からは遠巻きにされたかもしれない。それとも、チヤホヤされて甘やかされてきたクチだろうか。そういえば、身につけているスーツも仕立てのいい一級品だと一目でわかるし、綺麗な指を見るだけでも育ちのよさそうなのが推察できる。箸《はし》より重いものは持ったことがない、という御曹司《おんぞうし》ふうの印象がある。

憲吾は深水に睨みつけられても平然としていた。

心の中では、怒った顔の美しさにドキドキしていたのだが、そんなことはおくびにも出さない。ただ取り澄ましているよりも、こうして顔を桜色に染めて憤っているほうが、数倍魅力的だ。たぶん、笑ってくれたならさらに素敵だろうと思うのだが、それをこの場で望むのはあまりにも無茶というものだった。

「次の予定が四時からなら、まだ小一時間余裕がある。ランチを食べる時間はゆっくりとあるわけだな」

「ランチ？」

なにを言っているんだ、とばかりに深水が眉を顰める。

「さっき注文したのは、検事のぶんだ」

憲吾はしゃあしゃあと言ってのけた。

「俺はもう、向こうのテーブルですませたからな」

向こう、と顎をしゃくって示すと、深水はつられたように首を回した。

軽く舌打ちする。

ようやくどういうことなのか飲み込めてきたらしい。

「あなたは非常識だ」

深水は憲吾をしっかりと睨み据え、糾弾するような強い口調になる。

「市河巡査部長と一緒だったということは、百合本滉一事件の担当弁護士でしょう？　僕を検察側の人間と知っていながら近づいてくるなんて、何か下心でもあるんですか？」

「下心なんかない」

厳密には、全くないわけではなかったが、この場合深水が聞きたいのはプライベートな意味での下心ということではないはずだから、憲吾は即答で否定した。事件に関しては下心などいっさいないと断言できる。

深水は綺麗な眉をツッと寄せ、まだ疑いの消えていない猜疑心たっぷりの目で憲吾を探るように見る。

「お待たせしました。ランチです」

しばらく無言で見つめ合っていた二人の間に、店員がランチの皿を置いた。

「食べろよ」

憲吾が湯気を立てている皿を深水の方に押しやると、深水は反抗的な表情で「僕は食べない」と突っぱねる。

「食べなきゃそのうちぶっ倒れるぞ」

「よけいなお世話だ。あなたは僕のことなんて何も知らないくせに、いったいなんの権利があってこんな勝手なまねをするんですか。返答次第では許しませんよ」

「許さなくてもいいから、食べろ、このわからず屋！」

「わ、わからず屋……？」

深水は唖然《あぜん》として唇をぽかんと開く。

「そんなことを言われたのは初めてだ」

「さもありなん」

憲吾はわざと芝居がかった素振りで肩を大きく竦めてみせた。

「どこのお坊ちゃまか知らないが、よほど甘やかされて育ったようだな、検事」

「検事、検事とここで呼ぶのはやめてくれませんか！」

弁護士などと一緒のところを見られては困る、というように気を回す。

「ああ、悪かった。じゃあ……深水くん、でいいか？」

「ご勝手に」

プイ、と顔を横向けて深水は答えた。

「深水元哉、というそうだな、きみ」

「そうですけど、それが何かあなたに関係ありますか？」

「いや。ただ、元哉と呼んでも許してくれるのかな、と思っただけだ」

「呼んでもいいですよ」

元哉が皮肉っぽく唇を吊り上げる。

「ただし、この水をあなたの男前の顔に引っかけても怒らないなら、ですけど」

「おやおや。顔に似合わず過激なお坊ちゃまだ」

「バカにするのはやめてください！」

元哉の指が本当に水の入ったグラスにかかりそうになる。

これは相当短気のようだ。

憲吾は元哉が指を伸ばすより一瞬早く、グラスを取り上げた。

「つっ……！」

悔しそうに唇を噛む。

「深水くん」

憲吾は溜息をつき、今度は宥めるような調子になる。

「それ、結構美味しかったから、冷めないうちに食べなさい。ハンバーグは嫌いか？」

元哉はむすっとしたまま返事をしない。

じっと憲吾を見据えている。

「俺もね、昔は検事だったんだ。五年勤めてその後に弁護士に転職したけどね。きみは今年任官したばかりの新人らしいからすごく張り切っているんだろうが、食事は摂らなきゃだめだぜ。それから、むやみに事務官を困らせるのもよすんだ」

「僕は……美村事務官を困らせてなんかいません」

「そう言い切るんなら、その皿を綺麗に平らげろ。そうしたら俺も今後いっさいきみを見かけてもこういう無礼な態度は取らないと約束する」

元哉はツッと視線を皿の上に落とした。

デミグラスソースのかかったハンバーグが湯気を立てている。いかにも美味しそうな匂いがしていた。キュル、と微かにお腹の鳴る音が聞こえたような気がする。

憲吾が「ん？」と確かめるように元哉を見やると、元哉の頰《ほお》がさっきまでの怒りとは別の意味で赤らんできた。

素直にしていれば可愛いのに。

自然と口元に笑みが浮かんでしまう。

「今の言葉、信じていいですか？」

「食べたら今後は失礼な態度を取らないと言ったことか？」

「そうです」

「ああ。信じていいよ」

元哉はテーブルの上に開いていた刑法各論の本を閉じて、空いている隣の椅子に置く。そしてむっつりと不機嫌そうな顔をしたまま、皿を引き寄せた。

ナイフとフォークを扱う指の優雅な動きに憲吾は見惚《みと》れた。

最初の一口が口の中に消えたのを見計らって、「悪くないだろ？」と憲吾は聞いてみた。

元哉は無言で無視してくれたが、引きつらせていた表情が柔らかくなったので、返事は聞かなくてもわかった。美味しいものは人の気持ちを和ませるのだ。

「きみは細すぎるよ。まさかダイエットしているわけじゃないんだろ？」

相変わらず元哉は相槌も打ってくれない。

それでも憲吾は懲《こ》りずに話しかけた。ときどきコーヒーを飲みつつ、カップの陰から溜息が出そうなほどの美貌を窺って、表情を読み取ろうとする。一度取り澄ました仮面が剝がれると、元哉はそれほど難しい相手ではない。もっとポーカーフェイスの強者を何人も相手にしてきた憲吾には、まだ元哉は青くて不慣れな後輩だった。

「きみの彼女は、痩《や》せている男が好きだと言うのか？」

「いません、彼女なんて」

どうしたわけか、元哉はいきなり返事をして憲吾を意外な気持ちにさせた。まさか元哉から反応が返るとは思っていなかった。

このムキになった言い方は、もしかして女嫌いか……？

憲吾はそう考えて、少しだけ希望を見い出した気になった。

女嫌いがイコール同性愛者ではないと思うが、可能性は高くなる。この場で面と向かって聞くほど焦《あせ》ってはいなかったが、憲吾はこの綺麗な男を口説いて、いずれ自分が手に入れられたらどれほど楽しいだろう、と想像せずにはいられない。じわじわと外堀から埋めていき、元哉の普段の生活を聞き出していけば、憲吾を受け入れる可能性があるかないかは、自然と明らかになるだろう。

躾《しつけ》の行き届いた御曹司らしく、元哉はひとつ残らず皿を空にした。

これでいいですか、とばかりに嫌みっぽい目で憲吾を見る。

「上出来」

憲吾は嫌みをものともせずに、にっこり笑って元哉を褒《ほ》めた。

「いつもこうしていい子にしていれば、きっと周囲も喜ぶ」

元哉の顔がまた赤くなる。

「……僕をばかにしてますか、加藤さん？」

「いや」

本当にそんなつもりはなかったので、憲吾は神妙に答えた。いい子、と使ったのは、思わず口が勝手に滑《すべ》ったからだが、決してばかにしたわけではなかった。そうではなくて、元哉が妙に可愛いと思ったから自然に使ってしまったのだ。

元哉は疑り深い視線を逸らさない。

二人の視線が絡み合う。

憲吾は警察の廊下で初めて視線を交わらせた瞬間の気持ちをまたぶり返らせた。どこか他の人とは違う感情を相手に対して持っている。気になって心の中から存在を消すことができないような特別な気持ち。もしかすると元哉も同じように感じるのかもしれない。

頑なだった表情が微かに緩《ゆる》む。

わかるかわからないか程度の微妙な変化ではあったが、刺々《とげとげ》しさは確実に減った。

「それで、まだ僕に用事が？」

元哉から促してくる。

「事件の話はできませんよ」

「ああ、わかっている」

「じゃあ……」

　他に話すことがあるんですか、と元哉が口にする前に、憲吾は先手を打つ。

「こんな場所で偶然会ったんだ。同じ世界に身を置く者同士、お近づきのしるしに少し話をしないか」

「話って、言われても」

「きみに興味が湧いた。他意はない。差《さ》し障《さわ》りのない範囲できみのことを教えてくれないか。俺は俺で、自分のことを話そう」

「でも、そんなことをしてどんな意味があるんです。第一僕はそれほど暇じゃありません。あなただって、いろいろと忙しいはずでしょう？」

「もちろん忙しいよ」

　憲吾はわざと飄々《ひょうひょう》とした態度を取る。

「だけど、こうやってきみと話をする機会なんて、もう二度とないかもしれないだろう。俺は好奇心旺盛なんだ。きみみたいな美形のエリートが日頃何を考えているのか、ぜひ知りたいね」

「……」

「きみも、俺みたいな図々しい男が何を考えているか、ちょっと知りたいと思わないか？」

コク、と元哉が小さく喉《のど》を鳴らす。

まだ目は油断なく憲吾を睨み据えていたが、少なからず憲吾に興味を抱いているのは確かなようだった。

＊

身なりの整え方の立派さや、食事の仕方の美しさなどからも察しはついていたが、元哉はやはり相当格式のある家の出身らしかった。本人にはっきりと聞かなくても、会話の端々に注意していればどういう家庭に育ったのかは自ずと見えてくるものだ。

「そうか、きみの上司は水落《みずおち》副部長か」

「ご存じなんですか」

「ああ。俺が着任したとき、キャップだった人だ」

キャップというのは室長検事のことだ。任官したての新人はたいてい大部屋に配置され、先輩検事の指導を受けて事件を処理する。

水落の名前が話題に出たとき、元哉は微妙に顔を歪ませた。

どうやらあまりうまくいっていないらしい。

無理はないかもしれないな、と憲吾は思った。どちらかといえば水落は頭の固い男だ。古くからのしきたりや慣習に従って物事を進めたがるタイプで、特に上下関係や年功序列の考え方に拘《こだわ》りを持っている。小生意気な若手のエリート新任検事とはどう考えてもウマが合いそうにない。寄ると触るとぶつかっているところが容易に想像できる。

いけ好かない人ですね、と顔には書いてあるようだったが、さすがに元哉もそれを口に出しはしなかった。たった今名乗り合ったばかりの、ほとんど見知らぬ男を相手に上司の悪口を言うほど軽率では、検事どころか社会人としても失格だ。

「きみは一人っ子？」

「なぜですか」

「ん……なんとなくだが」

「違いますよ」

元哉は冷ややかな声で突き放すように答えた。どうやら家族の話題はあまり嬉しくないらしい。せいぜい甘やかされて大事に育てられてきたタイプかと思っていた憲吾は、ちょっと意外だった。普通なら、じゃあ何人兄弟、と話が進んでもいいところだが、元哉が唇の端を嚙んだままプイと横を向いてしまったので、憲吾もそれ以上は立ち入らなかった。

コーヒーカップを持ち上げて、熱い中身に息を吹きかける。

「今度は僕がひとつ当てましょうか」

元哉が背けていた顔を元に戻した。

「なにを当ててくれるつもり？」

憲吾はカップをソーサーに戻すと、挑戦的な目をしている元哉を見て、おやおやと思った。負けん気の強そうな顔をして、いったい何をそんなに鬼の首を取ったようになっているのだろう。元哉は唇に皮肉っぽい笑みを刷《は》かせた。

「あなたはゲイでしょう？」

いきなり直球が飛んできた。

憲吾はもう少しでカップをひっくり返してしまうところだったが、どうにかそんな無様な失態を晒さずにすんだ。

「なんだって？」

極力落ち着いた声を出す。

ここで動揺したところを見せれば、元哉の思う壺だ。

小癪《こしゃく》な美人め——意地でも俺はきみの溜飲《りゅういん》を下げさせはしないぞ。そんな変な意地まで出てくる。べつにゲイだと認めるのはやぶさかではないのだが、元哉をつけ上がらせるのが嫌なばかりに、憲吾はここですんなりと頷けなかったのだ。

「……違いますか？」

あまりにも憲吾が完璧なポーカーフェイスを装っているせいか、自信たっぷりだった元哉の表情に少し不安が混じる。

まだまだこういう駆け引きは俺のほうが上手のようだな。

憲吾は胸中でニヤリとほくそ笑む。

「俺がそんなふうに見えるとすれば、それはもしかしてきみの願望の表れ？」

「ち、違います！」

たちまち元哉が耳朶《みみたぶ》からうなじまで真っ赤にする。

「僕はただ、あなたのようなタイプにはそういう嗜好の人が多い気がしただけだ。変なこと、思わないでください」

「誰か身近でゲイの男がいる？」

憲吾は強い視線でじっと元哉の澄んだ瞳を見つめた。黒くて綺麗な瞳が、当惑したように揺れる。逸らそうにも逸らすタイミングをなくし、そのために嘘《うそ》をついたり誤魔化したりする余裕すらなくしてしまったようだ。目を見据えられたままで嘘をつくのは容易ではない。たとえついても、ばれる確率が高くなる。

「たぶん」

元哉はポツンとそれだけ答えた。

「その男と俺は似たタイプということか。なるほどね。じゃあ、もし俺がゲイだったらきみはどうする？」

「どうもしない。ああそうなのか、と思うだけです」

「ゲイじゃなかったら、どうする？」

「………」

元哉は唇を曲げて黙り込んだ。疑り深そうな目で憲吾を睨む。このまま質問に答えていけば、そのうち何か変な、催眠術のようなものにでもかけられてしまいそうだ、と心配になったらしい。

「俺は今年三十三になる。二十七歳のとき両親の薦《すす》めで見合い結婚をした嫁さんがいて、彼女との間に可愛いさかりの女の子が二人。金属アレルギーだから指輪はしていないけど、俺は結構よき夫、よき父だ。——もしこういうプロフィールだとすると、意外？」

まっすぐに元哉の目を見つめたまま、憲吾は微塵《みじん》も揺るぎを感じさせない口調で言った。元哉の表情がどこか心許なげになる。この場の雰囲気に飲まれているのだ。嘘か真実か、どうやって見極めればいいのかわからなくなり、当惑している。

憲吾は不敵に笑ってみせた。

まだ元哉は迷っている。迷えば迷うほど判断はつかなくなる。

「いいんだよ、俺は。きみがどっちを信じてもね」

「――さっきの言葉は失言でした」

とうとう元哉はそう言って折れた。

憲吾は口元に自然と浮かぶ満悦の笑みを、カップで隠した。俯きがちになって悔しそうに唇を噛む元哉が可愛い。可愛いという表現しか元哉には思いつけなかった。

「きみは意外と素直にもなれるんだな」

からかわれたと思ったのか、元哉はムッと唇を尖らせた。

「悪いですか」

すぐに突っかかってくる。とことん意地っ張りで負けず嫌いな性格のようだ。

「いや。素直なのはいいことだ。他人の言葉に耳を貸さないようじゃ、検事なんて仕事はできないからな」

「それはどうも」

むすっとした不機嫌顔のままで元哉が答える。

憲吾はこの状況を大いに楽しんでいる自分がいるのを自覚していた。ただ向き合って話をしているだけでも十分に刺激的だ。そろそろ怒った顔ばかりではなくて、笑っているところが見たい。しかし、怒らせるのは比較的簡単だが、にっこりさせるのは難しそうだ。たぶん元哉は普段から親しくしている人の前でもめったに微笑《ほほえ》まない気がする。どう転んでも今すぐここで憲吾に笑いかけることなどないだろう。

「話を変えよう」

「まだ話すことがあるんですか」

呆れた、とばかりに元哉が目を瞠る。彼のほうはそろそろもういいだろう、と思っていたのか、時計を嵌《は》めている方の腕を持ち上げ、袖をずらそうとしていたところだったのだ。

「まだ二十分しか経ってない」

「あなたも酔狂な方ですね」

元哉はわざとらしく溜息をつき、細い指で前髪を掻き上げた。

「僕なんかと話をして何が面白いんですか？」

「面白いし楽しいよ。なにしろ俺は、面と向かって初対面の人間からゲイかと聞かれたのは初めてだ。それだけでも最初に考えていた以上に興味深い」

「だからそのことはさっき謝罪しました！」

元哉が頬を赤く染めて少し声を高くする。

「ああ。――べつに謝ってくれる必要なんてなかったんだがな。俺はべつにきみの言葉に不愉快さなど感じなかった。むしろ面白いと思ったくらいだ」

「加藤さん」

「ん？」

「……あなた、意地の悪い性格をしているって言われませんか？」

憲吾は元哉の紅潮した顔にちょっと見惚れた。憤りや羞恥《しゅうち》や悔しさが入り交じった表情は、つんと取り澄ましているときより数倍魅力的だ。

「あいにくと、まだ面と向かって言われたことはないね、深水くん」

「では、あなたが意地悪なのはきっと僕に対してだけなんですね。どうしてですか。僕が廊下であなたたちを無視したからですか？」

「まさか。いくらなんでも俺はそこまで狭量《きょうりょう》じゃないよ」

「そう願いたいものですね」

二人の会話は穏便な雰囲気のうちに交わされていたが、内容はとても友好的とは言い難かった。それでも憲吾は元哉が見てくれの表情ほどには怒っていないと確信していた。

本気でうんざりしているのなら、元哉はいっさいかまわず席を立てばいいのだ。べつにここにいなければならない義務はないわけだし、ましてや憲吾に強制する権利もない。それをしないのは、心のどこかで元哉自身まだ憲吾とここにいたいと思っているからではないのか。そう考えるのは憲吾の自惚れではない気がする。

「きみは完璧主義？」

「そんなふうに見えますか」

元哉は一段と不機嫌そうな声で無愛想に答える。

「自分のことはよくわからないけれど、周囲は常に僕に完璧であるように求めて、今のところおおむね満足しているようだから、あるいは完璧主義ということになるのかもしれませんね」

まぁそんなところなんだろうな、と憲吾は納得した。

朧気《おぼろげ》ながら元哉の育ってきた環境が想像されてくる。おそらくは一家揃ってエリートばかりなのだろう。周り中が優秀で、小さな子供の時から将来はこうなれと言い聞かされて育ったような雰囲気が元哉にはある。

検事という職業が合っていないとは思わないが、もう少し肩の力を抜いてリラックスしてもいいのではないか。誰だって最初から優秀なわけではない。失敗をしたり後悔をしたり、そうしていろいろと経験を積んでいく中で、徐々に一人前になっていけばいい。元哉を見ていると憲吾はそう言ってやりたくなる。

おかしなものだ。

元哉のことなどまだほとんど知らないのに、憲吾には元哉がとても無理をして突っ張ってばかりいる気がするのだ。

「俺のこと、不躾で遠慮を知らない嫌な男だと思っているか？」

いつまでたっても元哉の表情が和まないので、憲吾は自分のことをどう感じているのか聞いてみた。

微かに元哉が迷うような目をする。

即答で「もちろんです」という返事が返ると思っていた憲吾は、この微妙な間合いはなんだろう、と考えた。もしかすると、少しは期待していいのだろうか。これまでしてきた会話から察するに、憲吾を先輩だからと遠慮して言葉を濁《にご》すような殊勝な態度を、元哉が取るとは思えない。ということは、返事を躊躇する理由は、まんざら嫌な男だと敬遠しているわけではないから、と取ってもいいようだ。

「はい、と答えて欲しいのなら、そう答えます」

結局元哉ははっきりとした返事をせず受け流した。

「上等だ」

憲吾がからかう。

元哉は眉を吊り上げかけたが、溜息をついて軽く首を振った。

「……もう、このへんで勘弁していただけませんか、先輩。そろそろ約束の時間が迫ってきているので」

「そうだな」

今度は憲吾もあっさりと頷く。

いつまでもここでこうしているわけにはいかない。気持ち的にはもっとずっと元哉と話をしていたかったが、お互い仕事中だ。

書類や書籍を黒鞄に詰め、元哉が立ち上がる。

伝票は二枚纏《まと》めてプラスチックの筒に丸めて入れられていたのだが、憲吾が先に取った。

「おごるよ」

「困ります」

自分の分を寄越《よこ》してください、というように元哉が綺麗な手を出してくる。

ほっそりとした白い指は男のものとは思えないくらいに優美だ。思わず触って握り締めたくなる。憲吾はそこを理性で抑え込み、素知らぬ振りでやり過ごす。だが、心の中では強烈に、いつかこの男を口説きたい、自分のものにしたい、と思って、胸を熱くしていた。憲吾をここまで駆り立てるのは元哉が初めてだ。

「裁判が終わったら、またゆっくり会えないか？　今度酒でも飲もう」

「そのとき僕におごれとでも？」

元哉が挑戦的な目をする。

「でも、あなたには苦い酒になるかもしれませんよ」

「わからないじゃないか」

「いいえ、僕は必ず勝ちます」

「……深水くん」

憲吾は打って変わって厳しい表情を浮かべた。

「裁判での勝ち負けに拘るのはやめたほうがいい。俺たちの仕事は真実を追求することだ。検察側と弁護側で勝ち負けを競うのが仕事じゃないはずだ」

「悠長な方ですね」

元哉の唇が皮肉に歪む。

「でも、僕にはそんな余裕はありません。経歴に僅かでもシミを作りたくないんです。新米だから失敗しても許されるなんて思ってもいません」

「きみがそんなふうに思っているのなら……」

憲吾はゆっくりと、一言ずつ噛み締めるように喋った。視線はずっと元哉を捉えている。元哉はこれまでになく心を乱しているようで、しっかりと憲吾を見返しては来なかった。本人の中にも迷いがあるのだ。自分の言葉が本当に正しいのかどうか、周囲から押しつけられた観念ではないのか、今ひとつ自信が持てていないらしかった。

「もしきみが勝ち負けに拘っていると言うのなら、俺はますます退けないな」

「あなたはやっぱり僕が嫌いなんだ」

「いいや」

恨めしげに言う元哉に、憲吾はきっぱりと首を振る。

嘘だ、とばかりに元哉が唇を噛み締めた。

「時間がないいんだろう。先に行きたまえ」

いつまでも立ったまま話をしていては目立つ。憲吾が促すと、元哉は拗ねているような上目遣いで憲吾をチラリと見た。それから手の中の伝票に視線を移す。

「次にいつお返しできるかわからないですよ。殺人事件の裁判は長引きます」

「まだ殺人と決まったわけではないぞ。迂闊《うかつ》な発言だ」

ぴしゃりと訂正する。

ビクッ、と元哉が表情を引きつらせる。

「……すみませんでした」

元哉は素直に謝った。気まずそうに伏せた瞼《まぶた》を縁取る睫《まつ》毛《げ》が震えている。屈辱感を味わっているのだろうか。睫毛が長いな、と憲吾は脈絡もなく思って感心した。本当に、元哉はどこをとっても鑑賞に値《あたい》する。

「俺はべつに次がいつだって構わないんだ。ただ、少なくともきみが起訴状を書いて、裁判が始まるまでは自重したほうがいいとは思っている。俺ときみとは直接法廷で争うわけではないから、事件の話はしないという前提でなら会えるだろう？」

「僕にはあなたが何を考えているのかわかりません」

元哉は本気で当惑しているようだった。

「そうか。じゃあいっそ、ゲイなんだと認めたほうがわかりやすかったのかな？」

半分本気で憲吾は答えたのだが、元哉には茶化されたようにしか取れなかったらしい。忌々《いまいま》しそうに顔を歪める。

「だから。それは謝りました」

どうやら憲吾が喩《たと》えでした、結婚していて娘が二人いて、という話を鵜呑《うの》みにしたようだ。しまったな、とは思ったものの今さらこの場で「あれは嘘だった」などと言うのも考えものである。それこそ怒った元哉に手元の水を浴びせかけられ、他のお客を騒然とさせることにもなりかねない。

憲吾は懐《ふところ》に手を入れて、名刺入れを出した。

一枚抜き取り、元哉に差し出す。

「きみの気が向いたときに連絡してくれ。いつでもいい。ただし、その住所宛に今日の食事代を現金書留で送りつけてくるような不粋なまねだけはやめてくれ」

元哉は諦観《ていかん》の滲《にじ》み出た深い溜息をついた。

黙って名刺を受け取る。

そしてそのままさっさとテーブルを離れていった。

「ありがとうございましたぁ」

店員の間延びした声がする。

憲吾は細い背中がドアの向こうに消えていくのを、苦笑いしながらずっと見送っていた。

2

加藤憲吾——名刺の中央に記された字面を頭に浮かべた元哉は、顰《しか》めっ面になり、タクシーの中で開いたばかりだった本から目を上げた。

なんなんだ、あの男。

七つも八つも先輩になる男を相手に面と向かって楯突くのは、いささか生意気だと自覚している。それにしても、無遠慮で礼儀知らずな男だったことは確かだ。

人が本を読んでいるところを邪魔して、無理に食事まで摂らせた揚げ句、あれやこれやとよけいな無駄話で時間を取らせて。なんて暇人なんだ。あれが本当に重要事件の被疑者になっている女性の弁護士なのか。気の毒な被疑者だ。あの母親もろくでもない弁護士を頼んだものだ。

いっきに憲吾に対する不満が噴きだしてくる。

しかし、こうして文句ばかりを頭の中で挙げ連ねながらも、元哉は心底から憲吾を嫌いにはなれなかった。

……羨望を覚えるほどスーツが似合う男だった。それに、穏やかで思慮深そうな、真摯な目悪気をしていたことも否定できない。元哉は一目で憲吾を信頼してもいい相手だと直感した。悪気などまるでなかったのだろうこともわかった。憲吾からは負の感情をまったく感じない。嫌みで陰険な副部長と向き合っているときの不快さを思えば、天と地ほども違うのだ。

副部長のことをチラリとでも考えると、元哉は吐き気がしてくるほど嫌になる。歳ばかりとった、頭の鈍い、頑固者。二言目には「まぁきみはエリートさんだからこんなことは言うまでもないだろうが」とあからさまな皮肉を言う。そして、なぜ父の跡を継いで財界入りしなかったのか、などとよけいな世話まで焼こうとするのだ。

キリリ、と胃が痛む。

父の存在は元哉に強い重圧を与える。幼稚園に上がるときからそうだ。深水家の人間は必ずこの幼稚園に行かなくてはならない。もし不合格などになり、入園を拒否されようものなら、その瞬間から一族だとは認めない。そんなことを平然と四つの子供に言う親だった。家にいても息が詰まりそうだ。だが、元哉もたいがいな負けず嫌いに生まれついていたから、必ず求められる以上の成果を上げて「このくらい当然です」と淡々とした表情で父親に節目節目の報告をしてきた。初等科、中等科、高等科と名門男子校のステップを首席を保持したまま上がっていくときもそうだったし、大学に入って最も難関の国家資格と称されている司法試験に現役でストレート合格してみせたときもだ。

元哉はずっと父親の期待に応えてきた。

そして、最後だけ裏切った。裏切ったといっても、たいしたことではない。腕試しで受けただけですと言ってあった司法試験合格を盾に、財界入りを断ったというだけの話だ。

当初父親は自分の意のままにならない長男に無言で怒っていたのだが、ある日、元哉を書斎に呼ぶなり新たなプレッシャーをかけてきた。深水一族がバックについているとは思うな。自分の力だけで完璧な行政官になってみせろ。いっさいの失敗は許さない。それで納得するなら、裁判官でも検事でも弁護士でも、好きなものになれ。跡目は弟の純哉《じゅんや》に継がせる。さぁどうする。

自分でもつくづく強情だと呆れるときがある。

元哉は冷静沈着に「わかりました」と答え、一礼して書斎を出たのだ。

父親はそれ以上いっさい引き止めなかった。母親もおろおろするのをやめた。二歳年下の弟である純哉や同居している従兄《いとこ》にも何も言われず、深水家は何事もなかったかのようにしてそれまでどおりの日常に戻ったのだ。

家でも職場でも気の休まるときがない。周囲は常に敵だらけで、少しでもよそ見をしていたらたちまち足下を掬われる。

苦しい、と思わないでもないが、すでにある程度感覚が麻痺してしまっている気がする。

だからかえって苦手なのだ。

美村事務官のように自分を心配してくれる男も、加藤憲吾のように、あれこれと無遠慮に話しかけてくる男も。いったいどう応じればいいのかわからなくて、戸惑ってしまう。わざとそっけない応対をして相手をかわしてしまうしかない。

また会おう、と憲吾は元哉に言った。

そんなことしたってなんの意味がある。元哉はわざと冷めきったふうに考えた。

どうせ気まぐれで言っただけだ。いわゆる社交辞令というやつだろう。元哉と話をしたところで憲吾が楽しいはずがない。下心つきならばともかく、憲吾にはそんな意図はまったくなさそうだった。

奥さんと可愛いさかりの娘が二人？

だったらあんなところで油を売ってないで、てきぱきと仕事を片づけたら家に帰ってよき家庭人として振る舞えばいい。

元哉はにわかにムカムカとしてきた。理由もなく胸が苦しくなっていく。元哉に興味があると言ったその同じ口で、奥さんと娘の話をされたのが、なんだかとてつもなく嫌だ。自分でもわけがわからない。わかるのは、苛々がなかなか収まらなくて、とても本を読む気分ではなくなったということだけだ。

本を閉じ、鞄の中に戻す。

美村を断ったから、普段は彼に持たせている書類等を全部自分で持ち歩かなくてはならない。ずしっと腕にかかる重みで、日頃どれだけ自分が美村に世話になっているかを知った。べつに進んで苦労がしたかったわけではない。元哉はそれほど殊勝な性格ではなかった。美村に同行しなくていいと言ったのは、ちょっと一人になりたかったからだ。一人になって事件のことをじっくりと考えたかっただけである。なにしろ、これは四月に任官してからの二ヶ月あまりの間に回されてきたうち、初の重大事件である。

今度の事件は殺人で起訴できると踏んでいるが、まだ細部にわからない点がいくつか見受けられる。より完璧に事実を掌握するためにも、自ら関係者と面談し、確かな感触を得たい。実のところ元哉は気持ちを逸らせていた。

いかなる失敗も許さない――父親が口癖のように繰り返す言葉が残響のように頭の中にこびりついている。激しいプレッシャーだ。だが、元哉はずっとそれを乗り越えて今までやってきた。これからもやってやる、と思っている。

今から会う予定の三人には最寄りの派出所に来てくれるよう頼んである。

タクシーが派出所の前で停まった。

元哉は下腹に力を入れ気持ちを引き締めると、お金を払ってタクシーから降りた。

＊

安本明良《あきら》、佐野良平《さのりょうへい》、山下哲夫《やましたてつお》の三人は、約束していた時間を十分過ぎた頃、ようやく姿を現した。元哉はもともと時間にルーズな人間が嫌いだ。他人の時間をいったいなんだと思っているのかと文句の一つも言いたくなる。最初から三人に対する印象は悪かった。

面談は一人ずつ行った。衝立《ついたて》の奥に用意された狭いスペースで、正方形のテーブルを挟んで向き合って座り、話を聞く。

最初に呼んだのは安本だ。

小癪そうな顔つきの痩せた男で、どこか他人をなめているところが感じられる。ツンツンに立てた髪を赤茶に染めていて、耳にはズラリとピアスをぶら下げており、いかにも今どきの若者という外見をしていた。呼び出されて迷惑だ、という表情を取り繕おうともしていない。

「朝からずっと立て続けで悪いが、検察側からも少し質問をさせてくれ」

元哉はそう前置きして、すぐさま言葉を継いだ。

「百合本滉一くんが亡くなったことを知ったとき、どう思った？」

「驚いたさ。あの陰気くさい姉ちゃんが、なんてさ……」

「まさかと思ったわけだ?」

「あ、……ああ」

安本は少し返事を詰まらせ、表情を硬くした。

元哉はじっと安本の顔を見据えていた。警察からはひととおり参考人として質問されているはずだが、まだ他に何か隠していることがないか、嘘をついていないか、元哉なりに見極めるためだ。どうも頭から信じていいものかどうか疑問の浮かぶ連中だけに、元哉は慎重にならなければと己に言い聞かせた。

「きみが最後に彼と会ったのはいつ?」

「昨日の夜だよ。そのことはもうさんざん話したぜ!」

組んだ足をぶらぶらとさせながら、安本が面倒くさそうに声を荒くする。両手はブカブカのカーゴパンツのポケットに突っ込んだままだ。

「ったくよう、最後に会ったのがオレかもしれないからって、何度同じこと言わせる気だよ」

「確認したいだけだ」

「はん!」

安本が顔を横向け、視線を床に落とす。

「彼とは居酒屋で飲んでいたそうだが、彼が帰ったのが午後九時頃。間違いないな?」

「ねぇよ」

すっかりふて腐れた安本はぶっきらぼうに答えた。

元哉は辛抱強く話を聞いていく。

そのとき暁美の話題は出たのか。暁美の印象をどう受け取っていたか。安本自身はどの程度暁美と親しかったのか。安本はどの質問にものらりくらりとした返事しかしなかった。

引き続き佐野、山下、と面談したが、警察の取り調べで明らかになっていること以外に新しく聞き出せた話はなかった。ただ、三人が三人とも暁美のこととなると妙に口が重くなったのが、気になるといえば気になる。佐野は気まずげに目をうろうろとさせた。山下はやたらと苛立っていて、「知らねぇよ」の一点張りだった。どこかしっくりとこなくて引っかかりを覚えるのだが、具体的には何も表に出てこない。元哉は据わりの悪い気持ちを抱えたまま、三人を帰らせることになった。

彼らの話で共通している点は、四人は非常に気が合っていた、ということだ。

知り合ったきっかけはゲームセンターで、まずそこで滉一と安本が意気投合した。山下は安本と同じ中学出身で以前から仲がよかった。少し遅れて、やはりゲームセンターの常連客だった佐野がそこに加わり、四人で一緒に行動することが多くなったらしい。

たまに気が向くとバイトをして最低限の金を手に入れ、あとは毎日だらだらとして過ごす四

人の怠惰《たいだ》な生活ぶりは、聞けば聞くほど元哉には理解できない。それと同じで、暁美もずいぶんと気を揉んでいたようだ。

何とかして滉一を真面目に働かせたい。

母親と自分が必死に働いて得た収入で、母子三人ギリギリの苦しい生活を送っているのに、滉一は平気で生活費を持ち出し、遊ぶ金にしてしまう。

滉一に無関心を装って放任していた富子が当てにならないなら、自分がちゃんと言って聞かせるしかない。

口を酸っぱくして忠告する暁美と、それを毛嫌いした滉一の仲は次第に悪くなっていき、とうとう「あんたなんか死ねばいい」と怒鳴り声を上げるまで険悪になった。暁美もずいぶん感情的になっていたことは確かだ。そこから殺意が生まれても不思議はない。ただ、まだ少し動機として弱い気はする。

もう少し三人を徹底的に調べさせるか、と元哉は考えた。

今のままでも起訴できないわけではないが、肝心の暁美が頑なに口を噤んでいる以上、もう少し強固な動機固めをしておかねば、いざ裁判になったとき、弁護側にひっくり返されないとも限らない。

あの弁護士が相手なら、油断は禁物だ。

元哉は憲吾の顔を脳裏に浮かべ、キリ、と奥歯を嚙み締めた。

ずいぶんと見栄えのする容貌をした、一見すると毒のない穏やかそうな男だったが、その実相当したたかで頭が回りそうだった。しかも、元は検察にいたと言う。こちらの手の内にも気づきやすいということだ。

裁判所で、理路整然とした突っ込みをしてくる憲吾の堂々とした雄姿を思い描くのは、驚くほど簡単だった。すらりとした長身にスーツを着こなし、検察側の僅かな隙も見逃さず、ここぞとばかりに攻めてくる。きっと外国ものの法廷サスペンスドラマに主役として登場する弁護士を見るように、スマートで魅力的なのだろう。

負けられない。

考えれば考えるほど元哉にも意地が出てくる。

憲吾には絶対に、裁判終了後、得意満面の顔を向けられたくないと思った。

＊

富子は憲吾が何をどう質問しても、ほとんど「知らない」「わからない」という頼りない返事しかしなかったし、拘留中の暁美に会うのも嫌だとごねた。それでも憲吾は「あなた暁美さんの母親でしょう。あなたが励ましてやらないでどうするんですか」と叱りつけながら、強引に富子を暁美と会わせてみた。母親にならば、暁美もきっと何か話すのではないか、違う反応を示すのではないかと期待したのだ。しかしそれは無駄に終わった。

暁美はがんとして沈黙を守ったままだ。

そんなおり、警察の調べで新たな事実が浮かび上がってきた。憲吾が暁美と接見し始めてから四日経った日のことだ。

「暁美が強姦されていた？　四人から？」

市河の口からそれを聞いたとき、さすがの憲吾も絶句した。

「四人ということは、まさか滉一もか？　実の弟が、姉を犯したと言うのか？」

「ああ……そのとおりだ」

市河も胸糞悪そうな顔をしている。

「いつの話だ？」

「半年ほど前らしい。むろん母親は知らなかったそうだ」

憲吾は手のひらで目を覆《おお》いたくなった。

何かある、とは感じていたものの、まさかそういう事件が裏に隠れていたとまでは考えつけなかった。

だから暁美はあんなにも頑なに黙り込んでいるのか。

口を開いて質問に答え始めれば、いずれこの衝撃的な事実も明るみに出さざるを得なくなる。母親はさぞかしショックを受けるだろう。少しでも罪を軽くするため素直にすべて話すように、といくら富子が説得しようとしても、話せないはずである。母親には絶対知られたくなかったに違いない。

「これはもう殺意の裏づけとして十分裁判官を納得させられるだろうな」

確かに市河の言うとおりだ。

口論から激高《げっこう》して弟の頭を殴りつけた、という状況の中に、殺意があったかなかったかを争うとすれば、あったと主張したがっている検察側にかなり有利になる。

「まいったな」

せめて暁美が今すぐ心を開いてくれれば憲吾にもまだ手の打ちようが考えられるのだが、このまま公判に入ってしまえば、思うような成果を上げられないに決まっている。警察側の調べで事情を突き止められてしまった以上、もう隠しておかねばならないことはないはずだ。あるいは諦めて口を開いてくれる可能性もあると期待を持った。

だが、憲吾が会った暁美は、憔悴《しょうすい》しきっており、ますます頑なになっていた。もう話を聞いてくれているのかにも確信が持てなくなるほど虚《うつ》ろな目をしている。何を聞いても首を動かすことさえしない。

「警察の尻を叩いてこの線を捜査させたのは、あのエリート検事さんだぜ」

接見を終えて深い敗北感とともに廊下に出てきた憲吾に向けられた市河の言葉は、さもありなん、というところだった。

あのいかにも負けず嫌いそうな瞳を頭に浮かべる。悔しい、というよりも、なかなかやるな、という感嘆の気持ちが先に立つ。まだ先輩の指導を受けながら一歩一歩手探り状態で進んでいる新米のはずなのに、ベテラン刑事が感心してみせるほど着眼点がいい。

「とにかく、俺は俺で彼女の重い口を開かせられるような突破口を探すしかないな」

市河に情報提供の礼を言い、憲吾は警察署を後にした。

さて、どうしたものか。

横断歩道の手前で立ち止まって腕組みをし、憲吾は深々と吐息をついた。

憲吾もあれから母親を連れていって暁美を説得しようとしたり、自宅近隣の住民に姉弟仲が具体的にどう悪かったのか聞いて回ったりしていたが、望むような成果はまったく上げられていなかった。特に周囲の人々から聞き集めた証言は、暁美に滉一を殺したいという気持ちが芽生えても不思議はなかったことを裏づけるばかりで、憲吾をさらに消沈させただけだった。そこにもってきて、今度の驚くしかない悲惨な事実だ。警察の厳しい追及を受けた三人は、とうとうそういった事実があったことを認め、供述調書に署名したのだ。四人がかりで暁美を襲った時期は、暁美が「殺してやる」などと不穏な言葉を使い始めた頃と一致する。憲吾に反駁《はんばく》する余地はなさそうだった。

ここいらで一度腹を据えてあいつの意見を聞くか。

元はといえば、あいつに頼まれた事件だ。

憲吾は目先を変えるきっかけなりとも摑めればと思い、白石弘毅の事務所を訪ねてみることにした。いちおう事件がどういう展開になっているのかは弘毅にも告げてある。弘毅は今回の事件を自分の手で引き受けられなかったことを富子に悪かったと思っているようだ。多忙な最中にも、なにくれとなく事件のことを気にかけているのが、電話で話していて察せられた。新事実の報告も兼ねて、弘毅の意見を聞いてみる。いや、本当はもう意見など聞くまでもないとはわかっているのだが、あの鋭い眼光でひたと見据えられれば、萎えそうになっている気力が少しは戻るかもしれないと思えて、むしろそれを期待した。めったにないことだが、憲吾は誰かに発破をかけてもらいたい気分だったのだ。

今から寄るから、と一本連絡を入れて出かける。

弘毅はちょうど来客中だったようだが、憲吾は秘書の男を通じて「待っている」という返事をもらった。

独り立ちして事務所を構えている状況は同じでも、弁護士に転職して二年ほどにしかならない憲吾とは違い、白石弘毅弁護士事務所はビルの十階に堂々とした広さのオフィスを持つ、かなり大きなところである。助手の弁護士が二人、秘書三人、その他に事務員が二人いるらしい。

憲吾がビルのエントランスにあるエレベーターホールに立っていると、一番右側のエレベータがチンと音を鳴らして到着した。

中から上背のある男が一人出てくる。

三十代半ばくらいの、恐ろしく迫力のある男だ。全身から滲み出ているオーラが一般人とは明らかに違う。着ているスーツもめったにお目にかかれない一級品だ。おそらく一着数百万の英国製だろう。厳ついながらも鼻筋が通った男らしい顔をちらりと見た憲吾は、すぐに見覚えのある男だとわかって少なからず緊張した。

東原辰雄《ひがしはらたつお》じゃないか。関東最大規模の広域指定組織である川口組の若頭。

弘毅のところに来ていた客というのはこの東原のことだったようだ。若頭自ら一人でこんな場所を出歩いているとは、噂以上に剛毅《ごうき》な男だ。たぶん陰からボディガード役の組員が常に目を光らせて東原を警護しているのだろうが、表向きは飄々として肩で風切って歩いている。

あいつも相変わらずすごい男と付き合っているものだ。

憲吾は密かに舌を巻いた。

東原と入れ替わりにエレベータに乗り、十階に上がる。

前にも一度入ったことのあるオフィスは明るくて見晴らしがよく、家具の選び方一つにもセンスが感じられた。いかにも居心地が良さそうで、依頼人をリラックスさせる雰囲気になっている。受付の美人秘書が若い男性に代わっていたが、憲吾は親しみやすい笑顔で迎えてくれるこの彼のほうが、以前いた女性よりずっと感じがいいと思う。

弘毅はすぐに奥の執務室から出てきた。

「加藤。よく来てくれたな」

「急にすまなかった。時間を割いてくれて助かったよ」

「なにを言う。それはそっくり俺の言うべきセリフだ」

こっちに、と弘毅に隣の応接室に案内される。

「さっき下で川口組のナンバー2を見かけたよ」

ソファに腰掛けるなり憲吾は聞いてみた。弘毅が男前な顔をちょっと顰め、頷く。

「つい今まで、まさにその位置に座って話をしていたのさ」

まさにその位置、とは憲吾が座っている場所のことだ。

「まったく。年がら年中、弁護士が必要なことにばかり関わっている男だ」

口では忌々しそうにしながらも弘毅の表情は決して嫌がってはいない。むしろどこか愉《たの》しんでいるようにすら感じられる。あんな一癖も二癖もある男と対等に付き合えるのだから弘毅自身ただ者ではないのだ。こういう連中は互いに呼び合うのではないかと思う。

「なんだかきみは前よりいっそう貫禄というか余裕が出てきたようだな、白石」

憲吾が感じたままを言うと、弘毅はまんざらでもなさそうにフッと笑った。

「春先にいろいろとあったからな」

ああ、と憲吾は頷き、ちょっと悪いことを聞いたか、と気まずくなった。無実の罪に陥《おとしい》れられかけた事件は無事解決したが、得たものもある代わりに失ったものも多かったはずだ。ことに、婚約寸前までいっていたと噂の元美人秘書との仲がだめになったことに関しては、皆、触れてはいけないとばかりに遠慮している。弘毅がそんなことでいちいち気落ちするようなタイプではなかろうと思っていても、憲吾も周囲に倣《なら》って当たらず触らずで通してきていた。へたな慰めなど弘毅には鬱陶《うっとう》しいだけのはずだ。それに憲吾が男女間の恋愛に疎いのは確かである。

さっき受付で応対してくれた若い男がコーヒーを運んできてくれた。

彼が退出してから、弘毅は軽く肩を竦めてみせる。

「新しく雇った弁護士だ。なりたてほやほやの新人だが、なかなか素直で気が利く。去年、東原に俺の大事な懐刀をかっ攫《さら》われて以来、若手を雇うのは躊躇《ためら》っていたんだが、もう女は当分この事務所に入れたくないからな」

「ははぁ」

あまりにもズバズバと本人自らこの件に触れてきたので、憲吾は返事に困った。東原が弘毅の事務所にいた弁護士を引き抜いていったことなどまったく知らなかったし、女に懲りたなどと弘毅が言うのも意外だ。懲りるという言葉ほど弘毅に似合わないものはない気がする。しかし、口ではぼやいてみせながら、顔は悠然としていて少しも悔しそうではないので、ここで同情めいたことを言っても、鼻で笑われて「冗談だ」とかわされそうだ。弘毅のポーカーフェイスぶりは徹底している。

憲吾は話を変えて本題に近づけることにした。互いに忙しい身だ。そうそう弘毅に手間を取らせても悪い。

「なりたてほやほやの新人と言えば、今度の事件の起訴担当検事もそれなんだ」

「ああ」

弘毅が向かい側で長い足を組む。

「深水検事だろう」

「彼を知っているのか？」

「あっちがな」

弘毅はドアの方に顎をしゃくってみせた。さっきコーヒーを持ってきてくれた新人弁護士のことだ。どうやら司法研修所の同期らしい。

「ほかからも噂は小耳に挟んでいる。相当冷徹なお姫様らしいじゃないか。顔に似合わずきついのなんのって、と苦笑していたやつも何人かいたな。今度の件の担当と聞いて、いちおうリサーチしたんだ」

「俺も少し話をしたが……ああ、どちらかというとプライベートなことをだが、あれは相当な跳ねっ返りだよ、白石」

生意気で高飛車で恐れ知らずだ。

だが憲吾の唇は自然と緩んできてしまう。元哉のことを考えると、嫌な感情よりも好意のほうを強く感じるのだ。憲吾は元哉に大いに興味がある。それは数日経ってもまったく薄れていなかった。

「ああいうタイプの男が公判担当だとやっかいだろうな。陰気くさい裁判所を華やかにするという点においては、適任かもしれないが」

「確かに」

憲吾も同意して頷いた。

確かに元哉は溜息が出るほどの美人だ。

「ところで、その事件のことで相談があると言っていたが？」

「ああ。そうなんだ」

憲吾は持ってきた資料をテーブルの上に広げながら今までのところを弘毅に説明した。

弘毅にとってもこの件は他人事ではないせいか、どんな些末《さまつ》なことでも見逃さないぞ、という視線を書類に落としつつ、憲吾の話を一言も洩らさぬように耳を傾けている。ときおり挟む質問は、いずれも鋭いところを突いていて、憲吾をさすがと唸《うな》らせた。

「たぶん、暁美さんは事態の重大さに動転してしまっていて、怯え果てているんだと思うんだ。だからいつまで経っても喋ってくれない。一言でも喋ったら自分がますます不利になるんじゃないかと不安がっている」

「彼女に殺意があったかどうかに対するきみの意見は？　きみは彼女と何度も接見しているんだから、話しかけた際の表情などから少しは推し量れるだろう？」

「俺の受けた感触では……」

憲吾は迷って一度言葉を濁したが、すぐに気を取り直し、しっかりと弘毅を見据えて続けた。

「瞬間的にしろ、殺意があったことは確かだろうと思えた」

「そうか」

弘毅が難しい表情をして、再び書類に視線を落とす。

「実際、本当に殺意がなかったのならば黙秘している理由はないからな。喋らないのは、殺意があったことを自覚しているからだろう。それも仕方がない。なにしろ——実の弟を含む四人の男から寄ってたかって乱暴されたんだからな」

「連中はそのとき、大麻を吸ってたらしいんだ」

これも今回新たにわかったことだ。

安本には「兄貴」と呼んで親しくしているチンピラがいる。繁華街で幅を利かせている南雲《なぐも》組の下っ端構成員だが、彼から大麻をもらい、さっそく四人で試していたそうだ。場所は滉一の部屋。その晩、本当ならば暁美は通常のバイトのあとで母親のスナックを手伝うことになっているはずの日だった。だからこそ滉一は深夜二時過ぎ頃まで誰もいないと思って大麻パーティーの場所を提供したのだが、あいにく暁美は頭痛がひどくて十時前に突然帰宅してきたのだ。

ただでさえ日頃から滉一の交友関係には眉を顰めていた暁美は、四人がしていることを知るやいなや驚いて「あんたたち何してるの」と騒ぎだす。比較的冷静だった佐野が慌《あわ》てて暁美を部屋に引きずり込み、口を塞ごうと揉み合ったところに、気分がハイになっていた他の三人まで加勢しに来て——そのうちおかしなことになった、というのがそのときの状況だったようだ。

わけがわからなくなっていた連中にとって、暁美は格好のオンナだったわけである。大麻に幻覚を見せられていた滉一にも、すでに理性はなかったのだ。

我に返ってから、部屋の真ん中にぐったりと横たわる暁美を見つけた連中は、夜明け前、取るものも取りあえずその場から逃げ出したらしい。もちろん滉一も一緒だ。

滉一はしばらく三人の家を転々とし、家には寄りつかなかったそうだが、いつまでもそうしてはいられない。結局、ほとぼりが冷めた頃合いを見計らって家には戻ったらしいのだが、それで暁美にしたことが消えるわけもない。以降、不仲に拍車がかかったのだが、それは当然だった。

ひどい話だ、と憲吾は唾棄《だき》したくなる。

暁美があまりにも可哀想だ。

そのうえ今度は殺人の罪で裁かれようとしているのである。

「情状酌量の余地は十分すぎるほどあるから、そこを裁判で訴えれば、量刑を軽くしてやることは可能だ。裁判官も温情を示した判決を言い渡すだろう」

「わかっている」

憲吾は憂鬱《ゆううつ》な気持ちになり、こめかみを押さえた。

「嫌な事件を引き受けさせて悪かった、加藤」

弘毅は率直に詫《わ》びて、目の前に出ている司法解剖の結果を記した報告書に手を伸ばす。

最初は特に何か思うところがあって解剖所見を開いたわけではなかったようなのだが、いつの間にか弘毅は真剣な目をして報告書の読み込みに没頭していた。

「白石？」

憲吾も気になって身を乗り出し、弘毅の手元を覗き込む。

「加藤。もしかするとこれは……もう一度検討してもらう価値があるかもしれないぞ」

「と言うと？」

弘毅が顔を上げ、間近から憲吾の目をしっかりと見据えてきた。切れ長の目に確信的な強い光が宿っている。

「死因は頭部打撲による頭蓋内出血だ。右前額部《みぎぜんがくぶ》から前頭部の頭皮内と頭皮下の出血、左頭頂部から後頭部にかけても頭皮内および頭皮下出血、脳全域にくも膜下出血、そして左前頭蓋《ひだりぜんとうがい》窩《か》からトルコ鞍《あん》までの複雑骨折。これが解剖所見だ」

「つまり、骨折するほど強い衝撃を頭に受けたために頭蓋骨と脳の間に出血が起きて、それが死因になった、ということだろう？」

「そうだ」

今更死因を云々《うんぬん》することになるとは思わなかったので、そうだ、と言い切られても憲吾はまだ弘毅の言わんとしていることが汲み取れなかった。解剖所見は専門家によって書かれたもので、そこに疑問を差し挟む余地があるとは考えられない。凶器は暁美の部屋にあったブロンズ製のオブジェだ。片手で持てる大きさだが、結構な重さがある。普段は書棚兼飾り棚の中程に置かれていたものだと思うと、富子が証言していた。棚の中程というのはちょうど暁美がとっさに手近なものを摑み取るのにぴったりの高さだ。おまけにオブジェには滉一のものと確認された血痕がついているし、凹凸の一部が傷口と一致する。凶器に間違いないと断定されていた。

「問題はそこじゃなくて、外見的所見のほうだ。右前頭部中央から眉毛間、そして右上眼瞼《がんけん》に挫裂創《ざれつそう》。左頰部と鼻部全域に打撲擦過傷《だぼくさっかしょう》および挫創《ざそう》。これはいつどうしてついた傷か、気にならないか？」

「……そうだな」

死因になった傷は後頭部のものだ。今弘毅が言った傷は、額の右側と左頰についたもののことである。いずれも致命傷ではないから今のところ特に誰も取り沙汰していないようだが、確かにどんな状況だったのかは気になった。暁美が喋らないうえ、目撃者はいないので、推測するしかないのだが、場合によっては事件のあらましが変わることもあり得る。

「それからこの現場の状態だ」

弘毅は慣れた手つきで調書を捲《めく》り、参考写真を指の関節で軽く叩いた。

「書棚の周囲に積み上げられていたり散らかったりしているこの本や雑誌。被害者が倒れ込んだときに棚から落ちたのでないことは、遺体の下敷きになっているばかりで上に被さっているものが一つもないことから明らかだ。なぜこんなふうになったと推察する？」

「暁美さんが出したんだろう。たぶん、部屋の整理でもしていたんじゃないのか」

「俺もそう思う」

弘毅が眇《すが》めた目で意味ありげに憲吾を流し見た。

「なるほど――」

憲吾は頭に浮かんできた考えをじっくりと嚙み締めるようにして検討しながら、慎重に言葉を繫いだ。

「――白石が言いたいことは、わかる」

「ああ」

二人はその先を言葉にすることなく、真摯な表情でしばらく相手の顔を探るように見ていた。

「この解剖所見を書いた監察医に今から会って話を聞いてこよう」

言うなり、憲吾はおもむろに立ち上がった。

K大医学部法医学教室の香川紘一朗《かがわこういちろう》助教授が執刀したとなっている。K医大はこの事務所からさほど遠くない。

「それがいいだろう」

弘毅もすぐに賛成する。

「早いほうがいい。もし我々の考えが当たっていれば、彼女も少しは救われるかもしれない」

「そうだな。ありがとう、白石」

テーブルに広げていた書類を纏めて鞄に入れ、憲吾はあらためて弘毅と握手した。弘毅の手は大きく温かい。少し会わない間に前より一回りも二回りも貫禄が付いてきたなと思う。心なしか顔つきも生き生きとしていて、忙しいはずなのに精力旺盛な印象がある。案外プライベートでいいことでもあったのかもしれない。

事務所の出入り口まで見送ってくれた弘毅は、「結果が出たら知らせてくれ」と言って自らドアを引き開けてくれた。

「わかった」

憲吾は口の端にうっすらと笑みを浮かべて答えると、事務所から大股に出ていった。

*

香川紘一朗助教授は憲吾の話を聞くと、「ふう……ん」と尖った顎に手をやって細い眉を寄せ、考え込む顔つきになった。

法医学教室で教鞭を執《と》る傍ら、警察の要請があれば快く監察医を引き受けるという香川は、憲吾が想像していたよりもずっと若い人だった。K大といえば医学部が有名で、一番の難関のはずだ。そんなところで助教授の席を占めているからにはそれ相応の老齢かと思いきや、目の前で膝を交えた相手は憲吾とそれほど変わらぬ歳に見える。ネクタイを締めたワイシャツの上から白衣を羽織った姿はいかにも理学関係者にありがちなのだが、茶色に染めていると思《おぼ》しき長い髪をワンレングスにしているところは意表を衝いている。彫りが深くて青みの強い白皙なので、顔だけ見ているとビジュアル系のロックアーティストのようだ。フレームレスの、レンズの薄い眼鏡までが伊達《だて》でかけているように感じられるほど、香川はおよそ医師らしく見えない。こんなふうに見てくれと中身のギャップがあるのは、なかなか興味深い。

そう言えば、前に市河がちらりと洩《も》らしていたことが頭をよぎる。

香川はとにかく死体を診《み》るのが好きらしいのだ。生きている人間の治療をするよりも、死んでしまった人間の無念な気持ちを、物言わぬ遺体から汲み取ることに、多大な関心を持っているらしい。

そういう男がたまたま滉一を解剖したのは幸運だっただろう。憲吾が訊ねに来た件をあらためて考慮し、積極的に意見を述べてくれるのではと期待した。

「そうですね」

香川は顎から手を外すと、おもむろに言った。

「可能性はあると思いますよ。もちろんこれは、あくまでもこの場だけでの、推測の域を出ない話です。先ほど加藤さんが、それでもいいからわたしの意見がお聞きになりたいとおっしゃったので申し上げます。よろしいですね？」

「ええ、もちろん承知しております」

一度話し始めると、香川はとたんにきびきびとした医師らしい口調になった。

「致命傷になった凶器は、後頭部の傷口と突き合わせてみた結果、確かに現場で発見されたブロンズの置物に間違いないと思われます。ただ、この顔面にある傷とその凶器との因果関係は明らかではありませんから、この傷が、たとえばべつのもので加えられたと考えるのは無理ではないです。むしろ、凶器の形状と顔面の傷は一致しているとは言い難い」

「資料によると凶器の重さは約三キロです。大きさはそれほどでもないですが、非力な女性が何度も振り下ろすにはいささかふさわしくない気がします。この顔面の挫裂創と打撲擦過傷および挫創というのは、何かもっとこう、軽くて振り回しやすいものによって付けられたと考えることはできないでしょうか？」

「軽いもの……」

香川は長い指で鼻にのった眼鏡を押し上げ、慎重に写真に写る遺体の患部を見た。そして次に司法解剖結果を記した書類に目をやる。

「そうですね。この傷口から考えられる凶器は、確かに三キロもなくていいと思います。前頭骨にはヒビが入っていますが骨折まではしていません、せいぜい一キロ程度の、もっとこう、細長いもの、かな。ここのところを見てください。最初に衝撃を受けた箇所《かしょ》だと思うんですが、受傷した面積が狭いでしょう。凶器のブロンズはなんだかとても奇妙な形をしていますが、それでもこれと同じ傷を付けるような箇所は見あたらないんですよね。現場には凶器以外にもいろいろなものが散らかっていたようですけど、全部持ち出して科捜研で血液反応を調べてみても、それらしいものはなかったと聞いています」

「誰かが持ち出したのかもしれませんね」

「現場からですか？」

「そうです。安本は、居酒屋で別れたときには滉一に変わった様子はなかったと証言しています。ということは、この傷も襲われたとき付いたと考えるのが妥当です。それにも関わらず、生体反応のある傷を負わせた可能性のあるものが見つからないというからには、そう考えられるのではありませんか」

「ははぁ」

香川は何事か納得したように、すうっと切れ長の印象的な目で憲吾を見据えてきた。

「加藤弁護士の狙いがどこにあるのか、わかってきましたよ」

憲吾は決して事実をねじ曲げ、香川から虚偽《きょぎ》の発言を引き出そうとしているわけではない。ただ、真実が知りたいだけだ。もちろん香川はそのことをきちんと理解してくれていた。

「被疑者、相変わらず黙ったまんまらしいですね」

「ええ。もし俺の推理が正しいとすれば、彼女は今非常に苦しんでいると思うんです。もしそれが無用の苦しみなら、一刻も早く彼女を楽にしてあげたい。自分自身すら信じられなくなっているのかもしれない彼女に、ほんの僅かでも可能性があるのならそれを示してやって、本当のことを話す勇気を出させてやりたいんです」

「そうですね」

香川は憲吾の真摯な言葉と目つきに心を動かされたらしい。遺体を検分して一つでも多くのことを読みとるのが香川の仕事だ。香川は他のどんな仕事よりもそれが好きらしい。

「遺体は口をきかないから何も言わないけれど、もしかするとこれほど饒舌《じょうぜつ》なものはないんじゃないだろうかと思うときがあります。無念の死を迎えた遺体は、遺体自身でもって死に様の解明を要求しているんですよね」

「殺人事件は遺体の発見でもって告発されますからね」

「そう。遺体には、生きている私たちに向けて、自分が死んだ原因を突き止めるよう要求する権利があるから」

香川の表情が自然に生き生きとしてきた気がする。

遺体と向き合い、そこにある事実から考えられる限りの可能性を読みとることの妙を、憲吾と話をしているうちにあらためて噛み締めたのかもしれない。

「わたしの所見では、顔面を傷つけた凶器は一キロないし二キロ程度の、細長くて硬いものです。それもただ細長いだけじゃない。先端から五センチほど下がった部分にはそれと合わせてもう少し幅広の平たい部分がくっついているのではないかと思われます。ここの打撲擦過傷の幅がこの上の部分より広いでしょう。一つのものの形状が下にいくにつれて変わっている場合にはこういう傷にはならないと思います。この広い部分まで顔面に当たっているからには、振り下ろした面に凹凸がある、つまり、細長いものにそれより五センチほど短くて平たいべつのものが組み合わさっている可能性が高い。それだとこのような傷ができても不思議はないです」

「考えられる具体的なものがありますか、先生?」

「いや」

香川は首を横に振った。

「わたしが知る限りこれに合致するものは思いつけません」

「そうですか」

あわよくば何か教えてもらえないかと思っていた憲吾だが、さすがにそこまで簡単にはいかないようだ。しかし、それも道理である。もし香川に予測がついているのなら、もっと積極的に検察側に対してこのことを示唆《しさ》していただろう。現場には見あたらず、かつ具体的にどういうものか見当をつけられないもの、つまり、本当にあるのかないのかもわからないものだからこそ、香川もあえて言及しなかったのだ。そして検察側も勘繰らなかった。凶器と断定されたものはちゃんと存在しているわけだから、顔面の傷はそれほど重要視されず、単なる枝葉の部分だと受け止めた気持ちもわからなくはない。

「わたしが思うに、答えられるのは被疑者の女性だけだと思いますね。検察からチラリと聞きましたが、彼女には変わったものを拾い集めてくる趣味があるみたいじゃないですか。だいたい、凶器のブロンズにしても、何がなんだかよくわからないヘンテコな形をしている。ああいうものを部屋に飾っておく人の感覚は、独特だと思いますよ」

憲吾も頷いた。

「被疑者が被害者に与えた傷というのは、もしかしたら後頭部の致命傷ではなくて、顔面部分にある三ヵ所の傷だという可能性があると医学的見地からも証明できるのでしたら、それで彼女を説得できるかもしれません。彼女はとんでもない勘違いをしていて、それに気づかずに黙秘を続けている可能性があるとわからせられれば、彼女もきっとすべて話してくれるでしょう」

「顔面の傷と合致《がっち》する凶器を見つけることです」

香川はきっぱりと言った。

「それがあれば、医学的な説明は可能です。生体反応は確認されていますから、それが直接の死因でなかったことも証明できます」

「ありがとうございました」

憲吾は問診を受けるときに座る丸椅子から立ち上がった。

香川も回転椅子を立つ。

「直接お役に立てたかどうかいまひとつわかりませんが、加藤さんのお仕事がうまくいくことを祈りますよ」

憲吾はもう一度お礼を言い、香川に見送られて法医学教室の準備室を出た。

＊

「滉一くんが亡くなったのは、あなたのせいじゃないかもしれませんよ」

この一言がようやく暁美の心を動かした。

向き合っていてもずっと俯いたきりで足下の床や膝の上ばかり見ていた暁美が、思わず顔を上げたのだ。

「ほんとう……ですか……？」

大きな目をさらに見開き、半信半疑で憲吾を見つめてくる。一方的に話しかけるばかりだったとはいえ、一週間もの間毎日通ってきて、何も語らない暁美の気持ちを解そうとしてきた憲吾の努力は無駄ではなかったようだ。暁美にもちゃんと通じていたらしい。自分を引っかけるために憲吾が嘘をついているとは微塵も思っていないのがわかる。暁美はただ、本当に自分のせいで滉一が死んだのではないのかどうかを疑っているのだ。憲吾を疑っているわけでないことは、見開いた目に浮かんだ表情が語っている。

「話してもらえますね、あの夜のこと」

憲吾は力を込めて言う。

「何が起きたのか順を追って話してもらえたら、あなた自身が誤解しているかもしれないことを訂正してあげられるかもしれない」

「弁護士さん！」

唐突に暁美が浅黒い顔を歪ませ、涙を湧き上がらせた。化粧をしない素顔のままでもアイラインを引いているように輪郭がくっきりとした目は、たちまち充血して赤くなる。

「暁美さん」

憲吾はやっと感情を剥《む》き出しにした暁美に心の底から安堵《あんど》する。同時に、気をしっかり持ちなさい、ときつめに励ましもした。暁美にとってはこれから先が正念場《しょうねんば》になるのだ。

暁美はしゃくり上げながらも、少しずつ少しずつ話を始めた。

事件が起きた日、暁美は久しぶりにバイトが公休の日で、思い切り遅くまで寝ていたそうだ。布団を出たのは午後になってから。ひととおり家の用事をすませてしまうと、ふと思い立って自分の部屋の模様替えをしようと思いついた。

まずは書棚を移動させよう。

女手一つでそれをやるためには、中のものを一度すべて取り出して、書棚だけにしなくてはいけない。ついでだから保存しておくものと処分してもいいものとに分けることにした。新古書店に持っていけば僅かながらお金になるので、前々からやろうと思いつつ先延ばしになっていた本の整理もしておけばいい。

作業はすぐに終わるかと思いきや、本を取り出してパラパラと捲っているうちに、つい拾い読みしたり、本を買った当時のことを思い出して懐《なつ》かしさに浸ったりなどしてしまい、気がつくとすっかり日が暮れていた。

まずい、食事の支度をしなければ、と部屋の模様替えをいったん中断し、台所に向かった。

母親はすでに仕事に出かけていていない。滉一の姿も見あたらないが、これもいつものことだ。

悪夢のような強姦事件があって以来、暁美は滉一と顔を合わせただけで情緒不安定になりがちだった。恐ろしい記憶が否応もなく甦《よみがえ》る。叫びだし、ありったけの言葉で滉一を罵倒《ばとう》して、傍に来るなと牽制《けんせい》する。滉一にもさすがに罪の意識はあるらしく、普段は極力お互いを避けるように行動していた。

「でも……あの晩は、滉一もむしゃくしゃすることがあったらしくて、早めに帰ってきてしまったんです」

暁美が台所に立っていたところに、すでに酔っぱらって出来上がった状態の滉一がふらりと入ってきた。パチンコ店で隣の台に座っていた中年男と喧嘩《けんか》になり、店から叩き出されたため、安本と自棄酒《やけざけ》を飲んで帰ってきたのだ。

「何時だったか覚えているかな?」

「九時半頃、だったと思います」

暁美は頬に流れる涙をハンカチで押さえ、しっかりした口調で答えた。

「酔った滉一くんを見て、怖かった?」

「すごく。……ものすごく、怖かった……」

また大きな目いっぱいに涙が溢《あふ》れてくる。

憲吾は胸が詰まりそうになった。

滉一は酒癖が悪い。酔うと誰彼なく絡むのだ。そのことはすでに安本たちや飲み屋の店主などからも聞き込んである。

不機嫌なまま酔っていた滉一は、暁美が反射的に上げた悲鳴を聞くと頭にカッと血を上らせたようだ。「うるせぇぞ、こらっ」と怒鳴りつつ暁美に摑みかかってきた。

恐慌状態になった暁美は台所から逃げ出し、自分の部屋に隠れる。

それを追いかけてきて、閉まったドア越しに「開けろ」「来ないで」の押し問答になった。

滉一はムキになっていて、ドアを蹴ったり殴ったりして「このアマ！」と叫ぶ。暁美は必死にドアを押さえながら、「あっちに行って」「入ってきたら殺してやるわよ」と大声を張り上げたことを覚えていると言った。近所の住民が言い争う声を聞いたというのはこのことだ。時間的にも間違いない。

必死の抵抗も、激高した二十歳の男の力には結局敵《かな》わなかった。

すっかり目を血走らせた滉一が部屋に押し入ってくる。

また犯される、と暁美は思った。思うやいなや、頭の中が真っ白になり、自分が何をしたのかわからなくなった。

手近にあったものを摑んで、迫ってくる滉一の顔めがけて振り下ろした記憶がある、と暁美は再び泣きじゃくりながら言った。

その後はもう、何がなんだかよく覚えていない。

とにかく必死だった。

「死ねばいいって、思いました」

いつの間にか家を飛び出していた。

百合本家のすぐ向かいには、道路を挟んで土手がある。土手の下は川原で、夜はかなり暗い。

「そこに行った記憶はないんです。でも、気がついたら川原に立ちつくしていました。周囲には誰もいなかった、と思います。誰にも見られずに川原まで走り出てたみたいです。それで、ふと自分の手を見たら……」

そこで暁美はブルッと震えた。

「ぬるっとして濡れてました。血です。血の臭いがしました。あたし、びっくりして。怖くて。どうしていいか……わからなかった。あたし、もしかしてって考えたら居ても立ってもいられなくなりました」

「川原にはなぜ行ったんですか？　何かしようと思ったのでは？」

「……覚えてないんです……」

「わかりました。それから？」

憲吾は穏やかに、力強い口調で話の先を促した。

「それから、逃げ出したいのを我慢して家に帰りました。滉一がどうなったかあたしは覚えていなかったから。死ねばいいってものすごく強く思って殴ったところまでしか覚えてなくて。だから、どうなったのか確かめないと、不安だったんです」

暁美は家に戻り、おそるおそる自分の部屋を覗く。

すると、やはりそこには、頭から血を流して横向きに倒れている滉一の姿があった。

そのまま暁美はズルズルとへたり込み、再び茫然自失《ぼうぜんじしつ》となったと言う。

「あたしが殺した。やっぱり夢じゃなかった。もう、何も考えられなくて、ただぼんやり座り込んで、どうしよう、どうしよう、ってばかり考え続けていました」

暁美が縋るような目を憲吾に向けてきた。

「……あたし、本当に殺したんですか。それとも、殺してないんですか？」

「あなたは殺してない」

憲吾は微塵も迷わずに答えた。

ああっ、と暁美の唇から溜息とも悲鳴ともつかない声が出て、涙でぐしゃぐしゃの顔面中に安堵の表情が広がる。

「本当ですか。本当ですか」

「ええ」

これからまた捜査が行われ、鑑定結果が出るのを待たねばならないだろうが、暁美の証言が事実ならば、暁美が滉一を殺したという疑いは晴れている。

「滉一くんの死因は、後頭部を強く打った事による脳内出血です」

暁美が夢中で殴りつけたのは顔面だ。そして、おそらくその凶器は川に捨てたのではないかと思われる。

「これは想像ですが、倒れて意識をなくしていた滉一くんは、あなたが外に出ていたときに、一度気がついたんだと思います。ところが、酔っていたこともあって、起きあがっても足下がふらついていました。しかも、運の悪かったことに、四畳半の部屋中にあなたが整理途中で放置していた雑誌や書籍類が置かれていた。滉一くんはおそらくそれに足を取られて滑ってしまい、倒れてしまったんです。倒れた位置に、死因となったオブジェがあった」

「オブジェ……？　ああ、刑事さんたちがしつこく凶器のことをオブジェ、オブジェって言ってました。でも私、何で滉一を殴ったかも覚えてなくて……」

「滉一くんの死因となった凶器はブロンズのオブジェです。なんの形か俺にはちょっとわからなかったが、凹凸のある結構不安定な形の。あなたが彼の顔面を殴ったときの凶器とは別の物です」

「……え？」

暁美は意味がわからなさそうに首を傾げる。

「ブロンズのオブジェはもともと書棚の中程に飾ってあったものだそうですが、あなたは、あれもいったん床に下ろしていたんじゃないですか。本を読みふけってしまって結局は中途半端になっていたようですが、棚を移動するためにもともと中を全部空っぽにするつもりでいたようだから」

「そう言えば、そうだった気がします……いえ、確かにそうしました」

暁美は記憶を辿《たど》るようにして言い、ゆっくりと頷いた。

詳しいことは川に捨てたのであろう凶器を見つけ出して調べてからになるが、致命傷になった傷を与えたものがブロンズのオブジェだということははっきりしている。オブジェは滉一の後頭部に打撃を与えると、ぶつかったときの衝撃で横に少し飛ばされたのだろう。あの安定しない形なら十分考えられることだ。それで現場は、あたかもオブジェで殴ったあと、それを滉一の頭の脇に取り落としたような形になっていた。振り下ろされたオブジェを避けようと首を捻《ひね》っていったん逃れたところに、二度目の攻撃がきて、オブジェが後頭部に斜めから当たった。これが死体検案書から検察側の出している予測だ。滉一が酒を飲んで酔っていたことは解剖の結果わかっていたので、動作が緩慢《かんまん》になっていてそんな結果になったと考えても違和感はないとされていた。

「もしあなたが凶器を手に無我夢中で家を飛び出して、それが川の中から見つかったとすれば、滉一くんが死んだのは事故であって、あなたが殴ったのが直接の原因ではない可能性が高くなります。凶器を他の物に替えて滉一くんを殴り倒したあと、再び最初の凶器を手にして逃げるのは不自然だ。死因については遺体を調べた監察医も証言するでしょう」

「じゃああたしのしたことは、どんな罪に問われるんですか？」

「傷害罪ですね」

「傷害……。あの、殺人じゃないってことです……よね？」

「そうです」

「……よ、よかった……」

強張っていた暁美の顔つきがいっきに崩れ、ぐしゃりと歪む。

今まで背負っていた重い荷物をようやく下ろせたような安堵の表情だった。

「じゃあ、滉一を殺したのはあたしじゃないんですね。あたし、殺してはいなかったんですね」

暁美は何度も何度も噛み締めるように繰り返す。目尻からは次から次へと涙が零《こぼ》れだす。たぶん、暁美は少しでも罪が軽くなったのがよかったと安堵したわけではなく、弟を殺したのが自分ではなかったとはっきりして、激しい罪の意識からようやく解放されたことが嬉しいのだろう。

憲吾は暁美に、検察の取り調べを受けたら今話したことをすべて隠さず話すと約束させた。

「あとは俺が裁判で、あなたにできるだけ有利になるような判決を勝ち取ります」

「はい」

暁美が何度も大きく頷く。

「よろしくお願いします。今までご迷惑をおかけしました」

これでようやく目処《めど》が立った気持ちだ。

本番はこれからだが、少なくとも暁美がしてもいない罪に問われることはなくなった。

きっと裁判はうまくいく。

憲吾はそう確信した。

＊

翌々日、捜査の進捗を確かめるため警察署で話を聞いたあと、階段を下りて受付カウンターのあるロビーに行くや、憲吾はおや、と目を細くした。不機嫌な顔を取り繕いもせず、三人掛けのベンチに座って足を組んでいる美貌の検事を見つけたのだ。

「やぁ、検事」

憲吾はまっすぐに元哉の傍に歩み寄り、彼の前に立って挨拶した。憲吾としては友愛の気持ちから微笑んだのだが、あいにくと元哉には通じなかったようだ。綺麗な顔にますます険を含ませて苦々しげにそっぽを向く。

相変わらず高慢なお坊ちゃまだ。いっそのこと姫と呼んでやるほうがふさわしいかもしれない。しかし、実際に呼べば、金輪際《こんりんざい》口をきくどころか目を合わせてくれさえしなくなりそうで、憲吾はそんなふうに思ったことを心の中に収めた。

「待ち合わせ？」

憲吾はツンとしたきり返事をしようともしない元哉に気を悪くするでもなく、気さくに話しかけながら隣に腰を下ろす。

「ちょっと、またですか！」

元哉が慌てたように背けていた顔を憲吾に向け、呆れ果てたように言う。

「なにが？」

憲吾は空とぼけた。元哉の言わんとしていることは聞くまでもなくわかるのだが、このくらいしなければ元哉とは話をすることも難しそうだったのだ。

「僕はあなたに隣に座っていいなんて言ってませんよ」

「この椅子に座るのに検事殿の許可が必要とは知らなかったな」

ぐっ、と元哉が喉を詰まらせる。

感情で口走った言葉を皮肉に突っぱねられてはぐうの音も出ないだろう。

白い頬をほのかに染め、フン、と決まり悪げに鼻を鳴らす。

「……あなたが僕を嫌っていることはわかってます」

どのみち自分に好意を示す人などほとんどいない——元哉の口振りからはそんな気持ちが嗅ぎとれる。憲吾は元哉の突っ張り方が少し哀しくなってきた。元哉が心の奥でひどく寂しがっている気がするのは、憲吾の勘違いだろうか。なぜそんなに無理をする必要があるのか、と思わずにいられない。もう少し元哉が心を開いて人と接すれば、きっとみな元哉のことを今よりずっと好きになる。ただでさえ並々ならぬエリート街道を突っ走っている雲上人《うんじょうびと》で、近寄りがたい側面を持っているのだから、本人が意識的に周囲と合わせようとしない限り、遠巻きにされるのは仕方のないことだ。

「俺はきみのことを嫌ってなどいないよ」

嘘だ、と元哉の切れ長の目が憲吾を睨んでくる。

「わからず屋」

「なんですって？」

フッと憲吾は苦笑しながら首を横に振った。

「なんでもない、検事。ただ俺が思うに、きみは勘違いしているようだ」

憲吾は背後にしていたガラス張りの壁面をちらりと振り返り、ロータリーに黒塗りの公用車がゆっくりと入ってくるのを目で捉えた。運転席にいるのは美村事務官だ。どうやら元哉を迎えに来たらしい。

「僕が何を勘違いしてますか？」

「つまり、俺がきみを嫌っているわけじゃなくて、きみが俺を嫌っているんじゃないかってことだ。俺にはそうとしか思えない」

「あなたのことを僕が嫌っているかどうかですか」

元哉も憲吾の視線の先にあるものを見たらしい。

立ち上がって高い位置から座ったままの憲吾を見下ろした。

「ちゃんとわかっていらっしゃったんですね。安心しました」

「も……いや、深水くん」

もう少しで元哉、と呼びかけそうになり、憲吾は慌ててしまった。なぜかこのときばかりはよそよそしく名字で呼ぶ気になれなかったのだ。もちろん役職名は問題外だ。だが、そんなふうに呼んでもいいと思えるほど親しいわけではなかったので、急いで出かけた言葉を飲み込んだ。彼の顔を見ていると自然と元哉と呼びたくなるのは、憲吾がそれだけ元哉に強く惹《ひ》かれているからだ。しかしそれを納得してもらうには、あまりにも交流が足りなすぎる。

元哉はまだ立ったままで、すぐにはその場を離れなかった。

「あなたなんか好きになれるわけないです。いつでも僕をやりこめて困らせたがっているでしょう。——今度の件は、確かに僕の見落としでしたけど、監察医のところを訪ねられる前に一言警察に相談してくださってもよかったんじゃないですか?」

市河とも親しくしている仲だろうに、と元哉の目が言外に訴えている。確かにそれはそうかもしれなかった。だが、あのときは憲吾自身、少し興奮していたのだ。糸口が見つかったかもしれないと思い、勇み足になっていた。

「完璧であろうとするきみの業績に俺が汚点をつけたか?」

「……そんなこと……僕が答えられる質問じゃありません。やはりあなたは僕が困って狼狽《うろた》えるところが見たいんですね」

「邪推《じゃすい》だ」

憲吾がさらりとかわすと、元哉はよけい頭に来たようだ。クールな外見からは想像できないくらい簡単にムッとする。それともこんな反応は憲吾に対してだけなのだろうか。だとしたら、それはそれで光栄なことだ。元哉も憲吾を意識していることになる。よくも悪くも、という意味でだが。

「車が来たので、失礼します」

結局元哉は最後にはそう言ってその場を離れるしかなかったようだ。

憲吾は軽く息を吐く。

元哉と一緒にいるのは楽しいが、これでもう少し気持ちが素直に通じ合うなら、今の三倍も四倍も幸せな気持ちになれるのに、と残念でたまらなくなったのだ。

3

百合本暁美《ゆりもとあきみ》は傷害罪で起訴されることになった。

憲吾《けんご》は富子《とみこ》に何度も頭を下げられ、ありがとうございました、と涙ぐまれたが、ここから先が本当の正念場《しょうねんば》だと告げて、母親としてしっかり暁美を支えてくれるように頼む。

富子は今度の事件が起きてからずいぶんと憔悴《しょうすい》していたが、自分なりに母親としての責任について考え直すきっかけにもなったらしい。

今まで富子は娘の暁美にある意味甘えていた。自分を捨てて失踪した夫を恨み、自分の不遇を嘆き、生活していくためにやむなく始めたスナックの仕事に没頭することでやっと精神の均衡を保っていたようなものだった。

もともとがお嬢さん育ちで、両親の反対を押し切って結婚した揚げ句、相手が失踪するという手痛い目に遭《あ》った。そこから人生の厳しさをまともに身に受け始めたようなものだったので、自分のことだけで手一杯。家庭を顧みないしわ寄せが娘に行っていることなど、深く考えたこともなかったそうだ。

息子がぐれた原因についても「わたしのせいだったかもしれません」と遅ればせながらにも語っていた。

滉一《こういち》のことはすでに取り返しがつくことではないが、その分暁美に愛情をかけてやることで彼女なりに今までの自分と折り合いがつけられればいい。憲吾は切実にそれを願う。

事件は暁美が捜査に協力するようになってから一気に進展し、それまで不明だった点も徐々に明らかになってきている。

憲吾が推理したとおり、もう一つの凶器も川底から無事発見された。

高校時代美術部に属していた暁美には少し風変わりな感性があって、面白かったり味があると感じたりするものを、ゴミやがらくたの中から集めてまわるのが好きらしい。滉一をとっさに殴りつけたのもそんなもののひとつで、憲吾も見せてもらったが、なんとも奇妙な形をした、コンクリートの細長い板のような、棒のようなものだった。

たぶん暁美が部屋からなくなっている物がどんなものか説明しなければずっと川底に沈んだ異物で終わったことだろう。警察は凶器と断定されたブロンズの置物以外調べようともしていなかったのだ。

憲吾は裁判が始まるまでにどうすれば一番暁美の助けになってやれるかを念頭に置き、弁護の仕方を考えねばならない。引き続き暁美に会いに行って元気づけてやることも大事だ。母親が足繁くやってくるようになったこともあってか、暁美は体調も良好だし気持ちの上でもしゃんとしている。憲吾は何よりそれが一番嬉しかった。

弘毅《こうき》にも会って礼を言わねば、とずっと気にしていたが、憲吾の体が空いたのは起訴から四日後のことだ。

別件で用事があって出向いた先がたまたま弘毅の自宅の近くで、憲吾はせっかくだから寄ってみようかと思い立った。

弘毅は亡くなった両親の家に一人で住んでいる。もうずいぶん昔のことになるが、一度だけお邪魔したことがあった。比較的わかりやすい場所だったから、今でも家の位置は覚えている自信がある。いきなり行っても不在かもしれないので、まず事務所に電話してみた。時間的にも午後七時というのは微妙だと思ったからだ。

電話に出たのは先日も会った若い弁護士だ。

弘毅は五時頃には事務所を出たという。急用があれば自宅にいるので連絡してくれとのことだったので、たぶん家にいるのではないかと思うと教えてくれた。

自宅の番号はあいにく今すぐにはわからなかったが、携帯は知っている。

しかし、十回以上コールしても応答がない。たまたま手が放せなかったとか、気づかなかったということもあるだろう。もう少し経ってから再度かけ直すことにする。

その間に、最寄り駅に併設されているショッピングビルに寄って、たまたま十勝《とかち》ワインを見つけたので買うことにした。訪ねるのなら手みやげの一つくらい持っていくほうがいい。そのワインは弘毅が褒《ほ》めていたものなのだ。前に弁護士会の集まりでワインの話になったとき、弘毅がフランスワインばかり絶賛する気取った中老の弁護士に向かって「セイオロサムはいい味だった」と淡々と語っていたのを思い出したのだ。なぜそんなことをいちいち覚えていたのか自分でも不思議だ。あのとき自分も感じていた苛々した気分を、弘毅が晴らしてくれたからだろうか。こいつかっこいいよな、と思ったのも覚えている。相手が誰でも終始一貫した態度で臨むというのは、できそうでなかなか難しい。弘毅はそれを難なくやってみせるのだ。

ワインを買ったあと、弘毅の自宅への道のりを歩きながらもう一度電話をかけた。

ところが、今度もだめだ。

どういう状況なのかわからない。

憲吾はせっかく買ったワインを見下ろして、しばし悩んだ。

どうせもうここまで来てしまっている。ワインは生ものではないし、訪ねてみて不在なら、これだけ玄関先にでも置いていけばいい。帰ってきたとき気づくだろう。会うのはまたあらためてでも問題ないのだ。

考えているうちに、弘毅の家が見えてきた。

暮れたばかりの閑静な住宅街に建つ弘毅の家には明かりがついている。

あれはたぶん……居間じゃないかな。

もうずいぶん前の記憶だから定かではないが、おおむね民家の造りというものはある程度配置が決まっているものだ。南向きに取られた一階の大きな窓は、リビングスペースであることが多い。

なんだ、やはりいるようだ。

もしかすると来客中だろうか。それで携帯に出られなかったのかもしれない。

なににしろ、都合が悪そうなら手みやげだけ渡して失礼するつもりで、憲吾は年季の入った門扉《もんぴ》を押し、和洋折衷の庭先を通ってポーチまで行く。

ピンポン、とインターホンが家の中で鳴る音がドア越しに聞こえた。

憲吾はそのまましばらく待ったのだが、電話同様、またしても応答がない。

にわかに不安が込み上げてきた。

あの頑丈そうな男に限ってまさかとは思うのだが、倒れているわけではあるまいな。

チラリとでもそんな考えが頭をよぎると、放ってはおけない気分になる。

「白石《しらいし》」

憲吾は磨りガラスの入った格子の引き戸に手をかけて、無駄を覚悟で開けてみた。

カラリ、とあっけなく横に滑《すべ》る。

憲吾は玄関に足を踏み入れ、もう一度奥に向かって今度は大きく「白石」と呼びかけようとしたのだが、そのときしんとしていた家の中から「あああっ」という苦しげな喘《あえ》ぎ声がして、思わず口を噤《つぐ》み、耳をそばだてた。

声は一階の奥から聞こえたようだ。

ワイン入りの細長い手提げ袋をタタキの隅に置き、憲吾は靴を脱いだ。

後から冷静になって考えてみても、なぜここで気づかなかったのか不思議でならない。おそらくは、奥から聞こえた声が、弘毅だったにしろそうでなかったにしろ、取りあえず男のものだったこと、それから午後七時半という時間にベッドで事にいそしんでいるなどとはまさか思いもしなかったこと、などが理由だったのだろう。もっと観察眼を働かせていれば、沓脱《くつぬぎ》にきちんと揃《そろ》えられた紳士靴に気づいたはずだ。それが傍らにある靴よりひとサイズ小さいものだということにも、当然気がつくべきだった。そして「そういうことか」と納得してすぐに回れ右しなくてはいけなかったのだ。

魔が差したと言うほかない。

無意識のうちにも不自然な忍び足になっていたことが、訝《いぶか》しさと同時に理性と好奇心の両方が憲吾にちゃんと存在していたと証明している。たぶん、吸い寄せられるように一番奥まった部屋の前まで行き、閉まりきっていないドアの隙間から中の様子を覗く前に、すでに憲吾は事の次第を推察していたはずだ。でなければ、いろいろな行動に自分でも説明をつけられない。

「ああっ、あっ……もう、弘毅っ……！」

部屋の中は薄明るく、黄みがかったオレンジ色に染まっている。ベッドサイドのスタンドの明かりが、ごく少量に絞られてついているせいだ。

その温かみのある光に照らし出されたダブルベッドの上で、弘毅が白い体を組み敷いている。こちらに向けられた弘毅の背中は、惚れ惚れとするほど立派だった。肩幅が広くて、ぴっちりと美しく筋肉がついた体は、うっすらと汗ばんで光っている。憲吾は男を抱きたいほうの嗜好で、抱かれたいわけではないのだが、羨望を感じるほどいい体つきをしていると思って、しばらく目が釘づけになった。

こんな身近に同じ嗜好の男がいたとは、つくづく憲吾には同類を見極める目が備わっていないらしい。

「もう、だめだ、弘毅。ああ、っ」

弘毅の腕で抱え上げられた白い足が宙に浮いたままビクビクと痙攣《けいれん》する。

「あーっ、あっあ……」

足の指がピンと突っ張った。いかに感じているのかがそれだけでわかる。上掛けに隠れた弘毅の頑健な腰の動きに合わせて迸《ほとばし》り出る悲鳴や喘ぎ声は、恐ろしく妖艶《ようえん》だ。相手の顔は見えなかったが、艶《つや》っぽい綺麗な声を聞いているだけでもゾクリとくるものがあった。

「泉樹《みずき》」

弘毅が熱の籠《こ》もった調子で呼ぶ。

シーツに乱れる髪を撫で、首の下に腕を入れて掬い上げるようにして、深々とキスをする。キスをしながらも腰はゆるゆると動かし続けていた。

「……泉樹」

「んっ、う……」

ギシリ、ギシリ、とスプリングが音をたてる。

「うう、う、こ……きっ」

細い腕を突っ張って胸板を押し上げられた弘毅がようやくキスをやめ、頭を上げる。

シーツにぐったり横たわっている相手はハアッと大きく息を吐き、首を左右に振った。弘毅の肩越しに僅かだけ見えている白い肩が上下する。深いキスに翻弄《ほんろう》されている間、満足に呼吸することもできなかったようだ。

「きみは、ひどい」

「おまえが悪いんだぞ、泉樹。一週間も俺を放っておいただろう」

少しゆるまっていた腰の動きが再び大きくなっていく。

「やっ、まだ嫌だ……勘弁しろ」

「だめだ」

「ああ あっ、深いっ！」

ぐうっと顎が仰《の》け反《ぞ》るのが憲吾にも見えた。

白い喉が引きつる。

弘毅がその首筋に貪るようなキスをする。

ベッドの軋みが激しくなった。

切羽詰まったような喘ぎ声がとうとう泣き声に変わる。それでも弘毅は彼を責めるのをやめない。やめるどころか、どんどん興奮していくのがわかった。

じっとりと手のひらに汗が出てくる。

あの弘毅が、男の恋人にここまで夢中だとは。一時期流れていた美人秘書との婚約話は単なるカムフラージュだったのだろうか。

だいたい、あの相手の男――あれは、やはり憲吾や弘毅と同期だった折原《おりはら》泉樹のようだ。この位置からでは顔ははっきり見えないが、名前といいあの細い体つきといい、つい先日も弁護士会館で見かけた彼と合致《がっち》する。

折原泉樹とはまた、意外も意外、フェイントもいいところだ。彼と弘毅が親しくしているという話などついぞ耳に入れたこともない。むしろ、あまり仲はよくないと思っていた。同じ弁護士でも二人は火と水ほどにタイプが違う。常に慎重で、前例に基づいた正統派的な理論を積み上げていく泉樹に対し、弘毅は黒いものでも白いと周囲に思いこませるような強引で奇抜な理論を自分で打ち立てていく大胆な革新派だ。

そういえば、春先に起きた弘毅の事件の際に、泉樹がちょっと関係していたような話を誰かがしていた気もする。憲吾も特に泉樹と交流があるわけではないので聞き流してしまっていたが、なるほど、もしそうだとすれば二人は前から密かに付き合っていたのかもしれない。確か泉樹の実家である折原家は代々法曹界で活躍している由緒ある家だ。同性愛のような嗜好を隠すのは当然といえば当然だ。

泉樹のことを考えているうちに、憲吾は自然と元哉《もとや》に思いを馳《は》せていった。

二人はちょっと似ている。

元哉の顔を脳裏に浮かべたとたん、心臓がドクドクと大きく高鳴ってきた。泉樹のことを考えても、半分他人事のように「ああ綺麗な男だ」と感じるだけだが、それが元哉とすり替わったとたん、このざまだ。

今どこで何をしているのだろう。

憲吾は目の前で激しく睦《むつ》み合う二人を優しい目で見守りながら、ずっと元哉のことばかりを考えていた。

元哉のどこがそれほど気に入ったのか、一言では言い表せない。

会えばぎこちない雰囲気にしかならないし、およそ抱いてもよさそうな希望など、かけらも持てない。むしろ、はっきりと疎《うと》んじられているくらいだ。

「ああ、あっ、弘毅！」

泉樹の艶めいた声が耳朶を打つ。

「イケよ。いつもみたいに淫らなところを俺に見せろ」

「あぁああ」

シーツの擦《こす》れる音、湿った部分を結合させて、抜き差ししているのがわかる生々しい音。

あられもなく泣いて弘毅の名を呼びながら背中に縋《すが》りついている泉樹が、立て続けに達して全身を痙攣させている。それを弘毅が力一杯抱き締めて、至る所に唇の雨を降らせる。

「弘毅、弘毅」

「泉樹」

弘毅はまだ興奮しきっている泉樹の太股《ふともも》を手のひらで宥《なだ》めるように撫でさすり、腕を伸ばしてサイドチェストの上のティッシュを取ると、後始末を始めた。

「大丈夫、か？」

さすがに無茶をさせすぎたのかと心配する弘毅の声はたまたま掠《かす》れ気味になっていて、ことさらセクシーに響く。

「……ああ」

甘えるように首に回される細い両腕。

あの清廉潔白《せいれんけっぱく》な貴公子を絵に描いたような泉樹が、と思うと、不思議な気分だ。

「なら、もう一回するか？」

「おれを壊す気なのか、弘毅」

憲吾はそこでハッと我に返った。

いっきに恥ずかしさが押し寄せてくる。こんなところを二人に見つかったら、きっと一生涯恨まれるだろう。それが杞憂《きゆう》だとしても、周囲などまったく関知せず二人だけの世界にいる弘毅と泉樹を、これ以上邪魔しては悪い。

憲吾は心の中で自分の不作法を詫《わ》び、そっとドアの陰から身を引いた。

来たとき同様に忍び足で玄関に戻る。

気がせいていたせいか、ワインを玄関口に置いたままにしてきたことに気づいたのは、外の空気に当たって頭が冷えてからだ。しまった、と思ったが、いまさら引き返せない。ものすごく運がよければ情事の後の二人に飲んでもらえるだろう。

それより憲吾は今すぐにでもあの綺麗で愛想のかけらもない男に会いたくなっていた。

もし元哉とさっき見てきたばかりの恋人同士のようになれるなら、憲吾は自分の運をそこで全部使ってしまってもいいと思うくらい、元哉に本気になっている自分に気がついた。

*

なぜ顔面の傷についてもっと突っ込んだ調査をさせなかったのだろう。

もうこれまでにも暗記してしまえるほど読んだはずの調書をじっと睨みながら、元哉は机の上できつく拳を握った。

これは完全な警察の職務怠慢だ。

致命傷になった傷と、傍に転がっていた血痕つきのオブジェの一部がぴったりと符合したからといって、その他の傷がどうしてついたのかをまるで無視するとは、杜撰《ずさん》もいいところだ。

おかげで――よけいな屈辱を味わわされた。

よりにもよって、弁護士側からそういう可能性を指摘され、しかも監察医の意見まで先回りして押さえられていたとは、警察の面目は丸潰れではないか。

元哉はキュッと唇を噛み締める。

明らかに自分のミスだ。

元哉は自分で自分を責めながら、深水《ふかみ》の名前が頭の上にずっしりと重くのしかかってくるのを感じた。吐き気がする。

だめだ。

元哉は椅子にかけていることさえ苦痛になり、立ち上がって床に蹲《うずくま》ると、キリキリと刺すように痛みだした胃を押さえた。

「け、検事!」

もうとっくに誰もいなくなったと思っていたが、大部屋の入口から美村《みむら》が顔を覗かせ、驚いて駆け寄ってくる。

「放っておいてくれ!」

元哉は思わず大きな声を出していた。

今は誰とも話をしたくない。検事局の連中とは特にだ。美村に悪気などこれっぽっちもないのは承知しているが、元哉はこんな場合どうやってそれを伝えればいいのかわからない。だから、短気に怒鳴ってしまった。

「検事」

美村は一瞬怯《ひる》んだものの、ぐっと表情を引き締めて元哉の傍らに座り込む。

「わたしは何も、検事を取って食いやしません」

「……何を言っているんだ」

そんなこと誰が思うものか。

だが、元哉はそれ以上美村をはね除けられなかった。

美村は日頃から穏やかで優しく、思いやりのある事務官だ。勉強一筋でやってきました、と本人も言っているが、他に取り柄らしい取り柄はないらしい。芸術オンチだし、スポーツ全般は不得手《ふえて》、容貌もぱっとするほうではない。

しかし、真面目で実直で素直な男というのは、元哉にはある意味羨《うらや》ましかった。

元哉は美村のようには決して振る舞えない。また、父親も許さない。すべてにおいて完璧であることを求められ続けてきた元哉は、勉強が忙しいからスポーツはできない、というような言い訳を認めてもらえなかったのだ。美的なセンスも磨かなくてはならなかったし、テーブルマナーや、女性との交際も理想どおりにこなさなくてはならなかった。

元哉は女性嫌いだ。それは、生来そうだったというよりも、父親の求める「理想的な男」を演じることにいささか疲れ果てていたからだ。

他のことはいい。努力すればそれなりに成果は上がる。元哉はたぶん、ある程度勘と要領がいいのだろう。

だが、女性関係だけはべつだ。

父親の気に入るような淑やかで上品な女性にはまったく興味を惹かれない。それなのに退屈していない振りをしなくてはいけないのである。デートは苦痛以外の何ものでもなく、とうとう付き合いを強要されるたびに精神的な辛さから発熱するようになった。

父親には軽蔑《けいべつ》しきった目で見られ、心の中で「役立たず」と罵《ののし》られていたようだが、結局は司法研習所に入った時点から、すべてに対して「もう勝手にするがいい」と突き放されたので、女性関係についても口出しはされなくなった。元哉はこれには心の底からホッとした。初めて父に逆らったのは、財界に入るのが本気で嫌だったからではなく、女嫌いがどうしようもなく高じてきていたから、というのが正解かもしれない。

美村が羨ましい、と思うのは、彼はきっとこんな苦労はしたこともないだろうからだ。

美村の左手には結婚指輪がきちんと嵌《はま》っている。いつ何時も外したことがないらしい。同僚に冷やかされても「いやぁ、ははは」と屈託もなく笑えるのが、元哉にはなんだかひどく眩《まぶ》しく見えた。元哉は周囲が思っているであろうほど自分の華やかな境遇に満足してはいないのだ。むしろ、こんなふうにしか生きられない自分にうんざりしている。

「検事。検事は最近少し無理が祟《たた》っていらっしゃるんですよ」

美村に支えられて立ち上がり、事務用の回転椅子ではなく、壁際に置かれた長椅子のところまで連れていかれ、座らされる。

「ああ。……悪かった」

「顔色が悪いですねぇ」

元哉の顔を覗き込んで美村が心配そうに呟《つぶや》く。

もう元哉にも邪険にするだけの気力はなかった。張り通す意地も今は底をついている。

「今夜くらいは早くお帰りになったほうがいいですよ。後の片づけはわたしがしておきますから、検事はお帰りの支度をなさってください」

「もう少し仕事があるんだ。それがすめば帰る。あと三十分くらいだ。十一時前にはちゃんと部屋を出る」

「どうしても、ですか？」

元哉は頷いた。

「中途半端は嫌いなんだ。家に帰っても眠れない」

美村の表情が困ったようなものになる。元哉につきだして三ヶ月目ともなれば、美村にも元哉の言葉がまんざら嘘ではないとわかるのだろう。

仕方がないですね、と溜息《ためいき》をつかれた。

「では、わたしもお付き合いしますよ。何かお手伝いできそうなことがありましたら、ご遠慮なくお申しつけください」

どうやらこれが美村の最大譲歩ラインらしい。となれば元哉も諦めて受け入れるしかなくなった。

自分が無理な仕事をすれば、妻帯者《さいたいしゃ》の美村にまで迷惑がかかる。そう思うと、さすがに元哉も落ち着けなかった。美村が自分を心配してくれているのは痛いほどわかる。彼の善意をないがしろにして邪険に追い払うことは、いかに元哉でも躊躇《ためら》われた。

結局元哉は、十分もせずに開いていた資料を全部閉じてしまった。今夜はこれまでにする、という区切りさえ自分の中でつけられれば、それ以上に急を要する仕事など、本当のところなかったのだ。

いきなり帰り支度を始めた元哉だったが、美村は安堵した顔をしただけで文句は言わない。普通ならば振り回されたと怒ってもいいはずなのに、どこまでも穏健《おんけん》な男だ。それとも我慢強い、と言い換えるべきだろうか。

「お車をお呼びしますね」

「いや、いい。僕は、車はあまり好きじゃない」

「あ、そうでしたか。どうもすみません、気が利かなくて」

気が利かないどころか、過ぎるほどに気遣ってもらっている。元哉は喉まで出かけたが、あと少しのところで素直になれず、言葉を呑み込んだ。

自然な流れで二人は駅までの道のりを一緒に歩いた。

等間隔を保ったまま、元哉の後ろを美村がついてくる。

「美村さん」

元哉は立ち止まって後ろを振り返った。

「は、はい、検事」

突然立ち止まった元哉に美村は不意を衝かれたようだ。何事、という顔をしている。

「少し話をしても……いいですか」

きょとんとした表情だった美村が、ハッと我に返ったようにして頭を掻く。

元哉からこんなふうに話しかけるのは初めてのことだから、無理もない。

「わたしがお相手でよろしければ、どうぞ」

「並んで歩いても?」

元哉は美村が恐縮してたじろいでいる隙に自分から少し下がり、そこからまた歩きだした。

こうして肩を並べて歩くのは任官以来初めてだ。美村はずいぶん自分に遠慮していたんだな、と元哉は思った。確かに取っつきやすいほうではないが、一回りも年上の事務官にここまで気を遣わせる自分は、やはり相当扱いづらい検事なのかもしれない。

——もう少し肩の力を抜いてリラックスしたほうがいい。

不意に憲吾の声が頭の中に響いてきた。

あの……いけ好かない弁護士。

だがそう考えた端から、元哉の心臓は大きく波打つ。不快な感情からではない。もっと高揚して、甘酸っぱいものが奥からじわじわと滲《にじ》み出てきて、気恥ずかしさと嬉しさとで胸苦しくなるような、そういう変な感情からだ。

元哉は小さく喉を鳴らした。

「あの弁護士を美村さんはどう思いますか?」

「加藤《かとう》憲吾弁護士のことでしょうか?」

「そう、そういう名前の弁護士だったようですね」

美村の口から憲吾の名前がスラッと出るのを聞いた元哉は、妙にこそばゆくて、わざとよく覚えていないような振りをした。本当は強引にランチを食べさせられて以来、何かにつけて彼のことを考えているのに、名前すらわかっていない態度を取ってみせたのだ。憲吾のことを特別に意識していると思われたくなかった。ましてや、名前を聞いただけで胸がドキドキしてくることなど、絶対に知られたくない。

「加藤さんは以前検事を務められていた方ですよね。わたしは検事時代のことはよく存じ上げませんが、情に篤《あつ》くて何事にも真摯《しんし》で、一件一件丁寧《ていねい》にお仕事される方だという評判を耳にしたことがありますよ。わたしが言うのも妙ですが、今度の事件で彼が弁護を引き受けたのは、被疑者側にとってみれば大変な幸運だったんじゃないでしょうか」

「僕にはずいぶん強引な人のように思えますが」

「何かあったんですか？」

「べつに」

元哉は頬が紅潮してくるのを感じた。レストランでの会話を思い出したのだ。

また会いたい。

きみに興味がある。

どういうつもりでそんなことを言ったのか、あれから元哉は何度となく考えた。あのとき自分に向けられていたまなざしに熱が籠もっていると感じたのは、単なる勘違いだったのだろうかと、ずっと気になっている。

「彼、子煩悩《こぼんのう》みたいですね」

なまぬるい夜風に揺れる前髪を、いささか乱暴な手つきで掻き上げながら、元哉は言った。

すると美村は首を傾《かし》げる。

「あれ。加藤さん、ご結婚されてたんですか。知りませんでした」

「え？」

元哉は一瞬その場で固まりそうになった。

「そうですか。まぁされててもおかしくはないですよね。あの方ずいぶんと男前だし。昔、送検されてきた女性の中に真剣に惚れる人も出たって噂が立つほど優しい方なんで、ご本人がその気になりさえすればいつでもご結婚できたはずですからね」

「検事時代には独身で通していたってことですか、それ？」

「はい、確か」

美村がはっきりと頷く。

——あの嘘つき！

元哉は騙《だま》された悔しさと同時に、安堵のような希望のような、なんだかよくわからない感情が湧いてきて複雑な気分になった。

「どうしてご結婚されないのかなぁって皆で不思議がってましたよ。検事正が持ってきたお見合いの話なんかもお断りになったと聞きますし。あ、すみません、検事。わたし少しお喋りが過ぎておりますようで……」

「かまいません」

実のところ、もう少し聞きたいくらいだ。

だが、口を滑らせすぎたのでは、と恥じている美村に「もっと加藤弁護士のことを話してほしい」などとはとても頼めない。

その後は天気のことなど当たり障りのないつまらない話をいくつか交わし、美村とは駅の改札で別れた。

元哉の頭の中は、憲吾のことでいっぱいになっている。

腑甲斐ない。

こんなふうに心が乱されるのは初めてだ。

電車に揺られながら、ずっと憲吾との会話を反芻《はんすう》していた。奥さんと子供の話は単なる喩えに過ぎなかったのか。元哉はいちいちムキになって頭に血を上らせていたものだから、思いこみも激しかったのだろう。それにしたって、誤解しているのを承知で訂正しなかったのだから、やはり憲吾は意地が悪い。元哉に対してだけ、とても意地悪だ。

わけのわからない動悸。

何かを期待している自分。

元哉は突然、前に従兄《いとこ》にされたキスを思い出した。

いつのことだっただろう。確か、中学生の時だ。頭のよい大学生だった従兄は、その頃から深水家に同居していた。大学に通うのには実家よりも深水家のほうが断然便利だったからだ。以来、今に至るまでずっと家族同然にして暮らしている。父親は頭がよくてそつがない従兄がひどくお気に入りなのだ。長男である元哉よりずっと従兄のほうを大事にしている節がある。

キスをされたとき、元哉は軽くうたた寝していた。部屋で勉強していたのだが、前の日が運動会で、体が疲れていたのだろう。従兄が入ってきたことにも気づかなかった。

頬に息がかかり、フッと目を開いたら、すぐ間近に従兄の顔が接近していた。従兄は大胆にもそのまま元哉の唇に自分の唇を押しつけてきて、驚愕《きょうがく》して動けなくなった元哉ににっこりと笑いかけた。

冗談だよ、元哉。起こしたかっただけなんだ。

従兄はそう言うと、鋭い視線で元哉を見据えて、みんなには内緒にしておこう、と言った。男にキスされたなど誰にも言えるはずがなかったので、元哉も黙って頷いた。

後にも先にもそれきりのことで、すっかり忘れていたのだが、憲吾のことを考えている最中に思い出してしまったのには、いったいどんな意味があるのだろう?

元哉は軽く頭を振り、考えるのをやめた。

考えることはやめたものの、胸はまだ平常どおりには戻っていない。それに、頬の熱も少しも引く気配がないのだった。

＊

まったく期待外れもいいところだ――元哉は水落《みずおち》副部長から辛辣《しんらつ》な言葉を浴びせかけられ、一瞬全身が凍りついた。副部長とは普段からうまくいっているとは言い難い関係だが、面と向かって無能であるかのように言われるのは初めてだ。

表面上はあくまでも冷静を装い、黙って頭を下げただけだったが、内心では激しい恥辱を覚えて動揺していた。

起訴事実が当初の見込みと違って殺人罪から傷害罪に変わったというだけだ。それをここまで言われなければならないのだろうか。

副部長はなおもぶつくさと嫌みなことを呟きながら、次に担当する事件の調書を投げるように元哉に渡す。

周囲の冷やかしと好奇に満ちた視線を背中に感じ、元哉は居たたまれないほど心地の悪い思いを味わった。

自分でも周囲にうまく溶け込んでいるとは思っていない。口数が少なくて無愛想だし、仕事以外の付き合いには無関心。プライベートについてはいっさい話さない秘密主義の、お高くとまった男だと陰口めいたことを言われているのも知っている。顔が綺麗なのを鼻にかけているとか、エリートで選民意識の塊なのだとか、まったく思いもかけないようなことまで囁《ささや》かれていることも、薄々気がついていた。

べつに、周りが自分をどう思おうがかまわない。

元哉は唇をきつく引き結び、自分に向けられるちょっと意地悪な関心を気にすまいと努めた。

副部長が自室に引き揚げたあと、元哉も席に着く。

皆一様に素知らぬ顔を装っているが、それがかえって不自然な雰囲気を醸《かも》し出している。この中で元哉のことを唯一曲解していないであろう美村事務官も、微妙に腫《は》れ物に触るような態度になっていた。どんなふうに声をかければいいのか、心根の優しい美村は悩んでいるようだ。

元哉はこんなときにはむしろ放っておかれるほうが救われた。へたな慰めをかけられたらよけい惨めになる。

べつに心を許せる友人などいなくてもいい。

これまでずっと元哉は誰ともつかず離れずの距離で接してきた。親しくなりすぎると弱みを晒《さら》すことも出てくるだろう。感情を押し隠すことには慣れている元哉だが、本当は結構傷つきやすくて、受けた衝撃を軽く流してしまえずに心の奥深くに溜め込んでしまいがちだった。そういう暗い部分を素直に誰かに見せるのがどうにも苦手なのだ。

要領が悪い。一言で言えばたぶんそうなる。元哉は自分でも苛々としてしまうほど、人間関係をうまく築くのが不得手なのだ。

副部長が元哉を気に入らないのは、元哉が新米らしくないからだ。もっと控えめな態度に徹して先輩たちを立てるようにすればいいのだろうが、つい小賢しいことをしてしまう。だから今度のようにちょっと何かあると、ここぞとばかりに責められる。

少しくらい嫌みを言われたところでどうだというのだ、と元哉は自分に言い聞かせた。

間違った罪で起訴をして後から恥を掻くよりよほどいい。

だいたい、間違いは間違いと潔《いさぎよ》く認めるのが当然ではないのだろうか。一番悔しい思いをしているのは元哉自身だ。ミスのないようにと再三再四自分に厳しく言い聞かせてやってきていたつもりなのに、今回のような初歩的な見落としをしてしまった。失敗した自分を許せない気持ちはあるが、副部長にネチネチ言われるのは理不尽だと思う。

悔しさを堪《こら》えて元哉は無表情のまま机についた。

同時進行で担当している別件の起訴状に筆ペンで自分の名前を書く。

検察官は独任官庁だ。被疑者の取り調べも勾留請求《こうりゅうせいきゅう》も起訴・不起訴処分を決めるのも、全部個人名で行う。署名をして検事の職印を押し、ひと一人を裁判にかける書面を完成させる。まだ任官して間もない元哉にとっては、事件の大きさにかかわらず一番緊張するところだ。

「検事」

美村が傍らから遠慮がちにお茶を差し出してくれる。

ちょっと考え事をしていて上の空になっていた元哉は、美村に声をかけられて現実に引き戻された。

「大丈夫ですか？」

優しい目が心配そうに元哉を見る。どうやら話しかける糸口を探して逡巡《しゅんじゅん》していたらしい。

お茶を持ってくることで、なんとかそのきっかけを摑もうとしているのだろう。

そんな美村の気持ちを察していたくせに、元哉はそっけなく応じた。

「何が？」

本当は声をかけてくれて嬉しかったのだが、素直にそれを態度に出せない。

「あ、いえ、なんでもありません……」

美村が慌てて謝った。

なんて嫌な男なのだろう――僕は。

元哉は美村の置いていったお茶を横目で見ながら、さらに暗い気分になった。

＊

アルコールを飲むことはめったにない元哉だが、どうしてもまっすぐ家に帰りたくなかったので、ホテルのバーに寄った。

いつになく深く気が滅入っている。

一人だったがカウンターに座ってバーテンダーと向き合う気にもなれなかったので、フロアのテーブル席に案内してもらった。円形のテーブルを三つの椅子が囲んでいる。ゆったりとして座り心地のよい椅子で、元哉は深々とそれに身を預けた。

ここのところどうも不調続きだ。

いったいどうしたというのだろう。

元哉はいつまでも落ち込んだままの自分に辟易《へきえき》としていたが、沈んだ気持ちをなかなか浮上させられない。

家に帰れば冷徹な父親の厳しいまなざしに晒されるだけだ。

弟も従兄も、元哉の味方にはならない。もちろん、父親の添え物のような、美しいだけが取り柄の母親もしかりだ。

こんなとき、一人でもいいから心を許せる友人がいればどんなに楽だろう。

元哉は普段はまるっきり頭に浮かべもしないことを考えた。

意地など張らなくていい、ありのままの自分を受け止めてくれる人が今隣にいてくれたなら、どれほど救われるかしれない。

これほど人恋しい気持ちになったのは初めてだ。今だけでいい。肩を貸してくれて、少しだけ甘えさせてくれる相手が欲しかった。

そんなに強くもないのだが、無性に酔いたかったので、バーボンをロックで飲み続けた。

慣れない酒が喉を焼く。

ちっとも美味しいとは思えず、飲むことは苦行だった。

無理をして呷《あお》って噎《む》せる。

涙を滲ませながら咳き込んでいると、不意に目の前にあったグラスを取り上げられた。

「もういい加減にしたらどうだ」

驚いて傍に立つ男を仰ぎ見る。

憲吾だった。

元哉がとっさに声を出せないでいる間に、憲吾はまたもやいつかのように断りもなく右隣の椅子に腰を下ろしてきた。バーボンのグラスはそのまま自分の前に置く。元哉にはもう飲ませない、という意味だろう。

「……また、あなたですか」

ようやくそれだけ言えた。

フッと憲吾がきつくしていた目元を緩《ゆる》め、溜息をつく。

仕立てのよいスーツを見事に着こなした堂々とした体軀《たいく》の男は、元哉を世話の焼ける子供かなにかのように見る。それと同時に、なんとなく哀れまれている気もして、元哉は不愉快な気持ちになった。まるで今日の副部長との遣《や》り取《と》りを一部始終見られていたかのようだ。決まり悪さを隠すため、無意味に反発心を出してしまう。

「もういい加減、僕にかまうのはやめてくれませんか」

「じゃあさっきみたいな苦しそうな飲み方を人前でするのはよせ」

対する憲吾はあくまでも落ち着き払っている。少々元哉が文句を言ったところで、引き下がる気はないようだ。

それがわかっていても、元哉も強情だからさらに突っ張った。

「どんな飲み方をしようと、僕の自由です」

「そういう言い方はやめたほうがいい」

「よけいなお世話だ！」

つい声を荒げる。

憲吾が眉を跳ね上げて苦笑いした。こういうときにそんなふうにされると、大人の余裕を見せつけられているようだ。元哉はあらためて憲吾との歳の差を思い出す。しょせん、敵う相手ではないのかもしれなかった。

「ひとつ聞いてもいいか」

憲吾はそんなふうに前置きするると、スッと目の色を変えた。さっきまでは確かにあったからかい混じりの色が消え、真っ向から挑むような真摯な目つきになる。元哉は心臓をトンと突かれた気がした。鼓動が速まる。少しだけ息苦しい。

「もしかしなくても俺のことが気にくわないか?」

「……お節介焼きは嫌いです」

元哉は質問自体をはぐらかし、そう答えるにとどめた。イエスと答えるにはどこか躊躇いがあったのだ。

「相変わらず素直じゃないな」

ふっ、と溜息をつかれ、元哉は眉尻を吊り上げた。どうしても憲吾が相手だとさらりと流してしまえない。他の人が相手なら何を言われようが淡々として無視していられるのに、いちいち感情を乱して食いついてしまう。どうしてそうなるのか、元哉にも不可思議だ。

「素直じゃない後輩はお嫌いですか。だったら僕を見かけても、もう関わらないでいてくださったら一番いいんです。きっとお互いに苛立たなくてすむ」

「できることなら俺もそうしたいさ」

憲吾がぽつりと言った。元哉に、というよりも自分自身に向けて呟いたようだった。

ボーイがやってきて、憲吾にオーダーを聞いた。憲吾はウイスキーのロックを頼む。それから躊躇いがちに手元に置いたままになっていた元哉のグラスをコースターに戻す。ボーイの手前そうせざるを得なかったようだ。元哉は自分の前に戻ってきたグラスに目をやったものの、すぐに手を伸ばしはしなかった。すでに少し酔いが回り始めていることを自覚していたので、これ以上飲めばまずいかもしれないと憂慮《ゆうりょ》するだけの理性がギリギリで働いたのだ。

「いつからここにいたんですか」

戻ってきたグラスの縁を指で撫でながら、今度は元哉から質問をした。憲吾には聞きたいことや言いたいことがこの他にもいろいろある。

「二十分ほど前かな」

そんなに長く様子を見られていたとは思わなかった。元哉はひたすら暗い表情で痛飲していたはずだ。そんな醜態を晒した自覚があるせいで、羞恥を紛らわすためにますます憲吾に絡んでしまう。

「まさか、僕の後を尾《つ》けてきたわけではないんでしょうね？」

「きみもずいぶんと自意識が強いな」

憲吾の目に、今度は面白そうな色が湛《たた》えられる。元哉はカアッと頭に血を上らせた。頬が熱を持っている。このぶんではきっと耳まで赤くなっているに違いない。

「聞いただけでしょう！」

「ああ」

するりとかわされる。

元哉は自分一人が力んで意地になっている気がして屈辱を感じた。憲吾の落ち着き払った態度が癪《しゃく》に障る。

「ご期待に添えなくて悪いんだが、俺は今夜このホテルの三階の宴会場であった会合に参加していたんだ。いわゆるボランティア活動というやつだな」

「ボランティア？　あなたが？」

これはまともに意外だったので、元哉は目を見開いてじっと憲吾の整った顔を見つめてしまった。憲吾も元哉をまっすぐに見返してくる。二人の視線はしばし絡んだまま離れなかった。ほんの僅かの間ではあったのだが、妙に離しがたい雰囲気があったのだ。

「取り立てて威張れるほど立派なことはしていない」

謙遜《けんそん》ではなく本気でそう思っているらしく、憲吾はさらりと言う。会合が終わってロビーに下りたら、たまたま元哉がバーに入っていくのが見えたので気になった——そう続けた。

「何が気になったんですか。僕があなたにやり込められたことで自棄《やけ》になって、ここで管を巻いているとでも思ったんですか」

「当たらずとも遠からずの状態だった気がしたが」

「……！」

とっさに言い返せなかった。

悔しい。

元哉は憲吾があまりにも悠然としているので、なんとかして一矢報いてやりたいのだが、他の人に対する場合と違い、どうにも分が悪い。すぐに感情的になってしまい、思うように考えが纏《まと》まらないし、効果のある科白も言い放てないのだ。

結局、元哉にできたのは拗ねた顔をすることだけだった。

「あなたはやっぱり僕が嫌いなんだ。嫌われるのには慣れているつもりだけど、あなたみたいに一見親切ぶるのは、一番質が悪い。そう思いませんか」

「勘違いしないで欲しいな」

憲吾はすぐに強い口調で応じた。

手にしていたグラスをトンと下ろす。大きなロックアイスがグラスに当たって、この場にふさわしからぬ涼しげな音をたてた。

「俺はきみと一緒にいたいからここにいるんだ。今夜のきみの表情が切羽詰まっていたような気がしたから、どうしても放っておけなくてずっと見ていた。わかるか？」

そこで憲吾は今まで以上に真剣に表情を引き締める。

「きみが、どうやら――好きみたいなんだ」

「嘘だ」

元哉はグラスに残っていたバーボンをいっきに呷ると、案の定また噎せて咳き込んだ。

「おい！　何をしているんだ！」

憲吾が身を乗り出してくる。

大きな手が元哉の肩を摑む。

「離してください」

身を捩《よじ》って憲吾の手を振り落とそうとしたのだが、思った以上に強い力がかかっていてままならない。

「深水」

「あなたみたいな嘘つき、誰が信じるものか。そうやって何度僕をからかえば気がすむんだ」

「ふか……、元哉」

断りもなく名前で呼ばれて元哉はドキッとした。

頑なに伏せていた顔を上げる。

すぐ傍に誠実さと真剣さに満ちた憲吾の顔があり、じっと熱の籠もった視線で元哉を見つめてくる。

「からかってなんかいない」

「……嘘だ」

元哉は執拗《しつよう》にそう言ったが、声にはすっかり覇気がなくなっていた。

心のどこかで、憲吾の言葉を信じたい、と切望している自分がいる。人恋しさを感じて、誰かに自分を丸ごと受け止めてもらいたいと考えていたばかりだった。その「誰か」には、無意識のうちに憲吾を思い描いていた気さえする。しかし、あまりにもタイミングよく憲吾が現れて、からかわれているとしか思えないほど元哉の望むとおりのことを言うので、どうしても素直になれないだけなのだ。

「もし、俺が妻子持ちの可能性もあると言ったのを鵜呑《うの》みにしたのなら、それは謝る」

「ゲイじゃないと言ったでしょう」

「言わない」

憲吾はきっぱりと否定した。

「そんなふうに見えるか、と聞いただけだ。俺は、否定はしていない」

「あなたは、ずるい」

「ああ。狡《ずる》かったかもしれない。あのときは、きみに警戒されて退かれたくなかったんだ」

元哉は口を噤んで俯くと、膝に置いた自分の指に視線を落とした。そうでもするほか、この場でどんな顔をすればいいのか、どんな返事をすればいいのか、わからない。

憲吾の視線を右頬に感じる。

熱い。頬がどんどん火照ってくる。

胸が壊れそうなくらい高鳴ってきて、息苦しくてたまらない。

元哉はいきなり立ち上がっていた。

「元哉!」

「そんなふうに呼ばないでくれますか!」

椅子から弾かれるようにして立ち、憲吾をするどく牽制したものの、元哉は激しく動揺したままそれ以上体を動かすことができなくなった。クラッと頭の芯が麻痺したように冷たくなり、目の前が暗くなる。

「元哉」

いつの間にか憲吾も立っていて、肩を抱くようにして元哉をもう一度椅子に座らせる。

元哉はされるままに座り心地のいい椅子に体を深く預け、眩暈《めまい》を感じたときに閉じていた瞼《まぶた》を薄く開いた。

ふわり、と特徴のある香りを微《かす》かに感じる。オーデコロンだ。

今までにない至近距離で元哉を心配そうに覗き込む憲吾と目が合った。

「……キザだ。エゴイストじゃない男がエゴイストをつけるなんて」

この場をうまくやり過ごす言葉としてそれしか思いつかなかったお粗末《そまつ》な自分に、元哉は恥ずかしくてほんのり頬を赤くした。好き——という告白が脳裏に蘇《よみがえ》る。さっき憲吾は本当にそう言ったのだろうか。——真摯な口調と表情を次に思い出す。ゾクッと体の芯が震えた。好き、などという言葉をもらったのは初めてだ。今まで誰も元哉にそんなことは言ってくれなかった。こんなとき、他の皆はどんな反応をするのだろう。元哉には想像もつかない。

「どうして？」

憲吾は元哉の張りつめている気持ちを解すように、殊更《ことさら》ゆっくりと喋る。

「エゴイストは俺にふさわしいんじゃないか？　きみは俺のことを、自分勝手でお節介焼きで嫌な男だと思っているんじゃなかった？」

すぐ耳元で、囁くような憲吾の声がする。低くて落ち着き払っているのに、なんとも言えぬ色香がある。元哉は官能を刺激されたときのようにぶるっと全身を震わせてしまい、軽く下唇を噛んだ。こんな声は反則だ。

「僕をからかって愉《たの》しいですか？」

「いいや」

憲吾がじっと元哉を見つめてくる。

「むしろ俺はきみを口説きたがっている。無茶な酒を一人で飲ませておきたくなくて、今も誰とも付き合っていないのなら、そしてきみが男が相手でも嫌じゃないなら、なんとかして俺に振り向いてくれないか、受け入れてくれないかと、……それればかりを考えているんだ」

真摯な目の色に、元哉は合わせた視線を逸らせなくなる。

「嘘だ」

「また嘘だと言うのか。いったい、きみは俺がどう言えば信じてくれるんだ？　嘘できみに好きだと告げてどんなメリットがある？　悪いが俺はそれほど暇じゃない。いっこうに靡く気配もない、つれないばかりの男の傍に、本気でもないのにじっと辛抱強く寄り添っているほど俺も酔狂じゃないぞ」

体の芯を揺さぶるようなセクシーな声。

ちょっとでも気を抜くと、酩酊《めいてい》してしまいそうになる。

元哉は瞳の呪縛からなんとか逃れて目を伏せ、俯きがちになったまま続けた。

「……だから、つまり、……弱みにつけ込みたいんでしょう？」

こんなになっていても、まだ元哉は頑なに憲吾を疑い、侮辱するような言葉を呟いた。本当は憲吾がいい加減な気持ちで傍にいるのではないと頭では理解できている。しかし、半信半疑の気持ちが強すぎて、すんなり応えられない。態度も柔らかくできない。勝手な憎まれ口を叩くくらいがせいぜいだ。

「弱み？」

さっきまで甘かった憲吾の声にははっきりと険が混じる。

元哉は一瞬怯んだが、ここで失言だったと謝る素直さが出せず、思ってもいないことをさも皮肉っぽく続けてしまった。

「さ、裁判で……先手を取ったつもりでいるんでしょう？　僕が最初からしくじったから。おかげで検察側は今後もいっそう慎重にならざるを得ない。まだ何か見逃しがあるんじゃないかと思ったら、公判中にもあまり強硬な姿勢を貫けません。そういう心理的なセーブがかかりますからね。あなたは、僕を負かして消沈させて、たとえば今夜、あわよくば体だけ――」

「自惚れるな！」

ピシャリと、とても怖い声で憲吾が元哉の言葉を遮る。

静かなくせに、あまりに強く冷ややかな語調だったので、元哉は身を竦《すく》ませて息を呑んだ。

微かな息遣いさえもわかるくらいすぐ傍らにいる憲吾は、はっきりとした怒りを含ませた顔つきで元哉を見据えている。おそるおそる視線を上げてそれを見た元哉は、居たたまれなさに息が詰まりそうだった。

「何が勝ち負けだ。きみは以前俺が言ったことを聞いていなかったのか。それとも、耳には入れていたものの、書物に書いてあること以外は理解できないほど頭が悪いのか？」

「そっ……！」

頭が悪い、などかつて一度たりとも言われたことがない。元哉はまず唖然《あぜん》としてから、次には屈辱を感じて頭に血を上らせた。

「し、失礼な」

口がよく回らず、言葉がなめらかに出てこない。

「失礼なのはきみのほうだろう」

憲吾にまた厳しく断じられた。

「誰があわよくば体だけでもときみを狙っているって？　きみもたいそうな自信家だ。恐れ入るよ。悪いが、俺だって寝るだけの相手でいいんなら余所で簡単に見つけられるんだ。きみよりぐんと優しくて可愛くて、ついでにセックスも上手な人はいくらでもいる。俺はきみと違って俗物だから、そうした手合いの店にも詳しい」

よもや憲吾の口からこんなふうに言われるとは想像もしていなかった。元哉は内心激しいシヨックを受け、呆然となる。悔しいのと同時にジリジリと胸を焦《こ》がすような痛みも味わった。それが嫉妬心《しっとしん》だとは認めたくないが、そうでないとしたら何になるのかまるで考えつかない。

「だいたいきみには、人が人を裁くなんていう、本来はとても無謀きわまりないことをやっている自覚がちゃんとあるのか？　弁護側と検察側は確かに敵対関係にある。原告側と被告側に分かれて意見を述べ合うことそのものに公正な裁判の意味があるのだから、ある意味敵対するのは当然のことだ。だが、それを勝ちだ負けだと個人の問題にすり替えるのはお門違いもいいところじゃないか」

「そ、それは……。でも、僕はなにもそんなつもりで……」

「大事なのは真実を明らかにすることだ」

憲吾は、戸惑《とまど》ってしまって最後まで言い切れず自信なさげに語尾を濁《にご》した元哉に、噛んで含めるように言う。

元哉は唇を閉ざし、俯く。恥ずかしさに顔が上げられなくなったのだ。

「わかるか？」

ぐっと声が優しくなる。

このタイミングでそんなふうに優しい口調になられると、元哉は急に泣きたくなってきた。

少し肩を倒せば広くて逞《たくま》しそうな胸板に縋りつかせてくれそうな相手がいる。突っ張ることに疲れた元哉が気を緩め、素直に謝罪して、みっともないのを承知で泣いたとしても、憲吾にはそれを難なく受け止めてくれそうな包容力が感じられる。

元哉の気持ちが自然と憲吾にも伝わったのか、憲吾は不自然でない程度にさりげなく元哉の肩に手をかけてきた。

「少しでもわかったと思うなら、顔を上げてくれ、元哉。俺にきみの顔を見せて、俺を安心させて欲しい。そうすれば、俺はすぐにここから去る。きみがそんなに放っておかれたいのなら、ということだが」

去る、の一言が、元哉にはひどくショックだった。頭が悪いと言われたことより、体目当てだなんて失礼だと言われたことより、過去のセックスライフをちらつかされたことより、とにかくショックが大きかった。

こんな場所で今一人にされたら、元哉はどうしていいかわからない。さっきまではあんなに憲吾のことを邪険にしていたのに、いざとなると元哉はやはり彼に傍にいて欲しいのだと認めざるを得ない。

元哉は優しい声で冷淡なことを言う憲吾が無性に腹立たしく感じられてきて、思い切りわがままになった。

肩を大きく回してかかっていた憲吾の手を振り払い、落ちた腕を逆に自分の手でしっかり摑む。まるできかん気の子供のようだ。自覚はしていたが、元哉自身、ほかにやりようがなかった。

「元哉？」

憲吾はどういうつもりかと訝しく感じたらしい。眉を顰め少し困惑している。元哉は憲吾の顔をチラリと見てから、再びそっぽを向いた。できたのはそこまでだ。まだ適当な言葉が見つからない。自分がこれからどうしたいのかすら定かではなかった。確かなのは、今すぐには一人ぼっちになりたくないということ。——憲吾に、もう少しでいいから傍にいて欲しく思っていること。情けなかったがその二つだけだ。

「今日のきみは変だぞ、元哉」

普段の元哉を大して知っているはずもないくせに憲吾は言った。いつもなら元哉はすぐにそう言い返しているところだ。だが、今はだめだった。つまり確かに普段とは違って変になっているわけだ。憲吾は鋭い。元哉は胸の内でだけ素直に認めた。

「水落副部長にでも何か言われたのか？」

憲吾のさらなる切り込みに、元哉はギクリと肩を震わせた。動揺を悟られたくなくて摑んでいた彼の腕から指を離しかける。しかし、今度は憲吾の手が追いかけてきて、しっかりと指を握り込まれた。

温かくて大きな手。

元哉は強張らせていた指からじわじわと緊張を解いていき、しまいには憲吾の膝の上で握り締められたままじっと預けた。

「きみは、まだほんの駆け出しだ。失敗して怒鳴られながら徐々に一人前の検事になっていく途中にいるんだから、少しくらい屈辱的なことを言われても、気にしないでおくことだ。たぶん、きみの同期は、きみの百倍も二百倍も怒られたり呆れられたり発破をかけられたりしているはずだ。この俺がまさにそうだったからな」

憲吾は淡々と言う。

「完璧であることにも確かに価値があると思うが、俺はそれ以上に、失敗して挫折を知っている人間に魅力を感じる。俺は、きみが今よりもう少し楽になってくれたらいいなと思わずにはいられない」

「僕は……深水一族でただ一人の落伍者だと誹られることが、怖いんです」

元哉はやっと心の中に溜め込んでいた悩みを、ほんの少しでも他人に晒すことができた。自分でも驚いている。まさか、憲吾を相手にこんな話をする気になるとは思いもしなかった。

「弟も従兄もすべてにおいてそつがなくて、父のお気に入りです。たぶん、父は僕のこの容姿からして不満のようですね。二つ違いの弟は僕よりずっと背が高くて逞しくて、男として理想的な外見をしている。従兄だってそうだ」

綺麗だ、と常々周囲で囁かれている自分の顔が、元哉にはずっと恨めしいコンプレックスの一つになっている。母に似た顔がもし娘のものだったなら父親もとても喜んだのだろうが、あいにくと元哉は男で、しかも長男だ。線が細くて小さな頃病気がちだったのも、男は男らしく、をモットーとしている父の気に入らなかったらしい。

「元哉」

憲吾がさっきまで引き締めていた表情を崩し、握った手にギュッと力を込めてきた。

「……続けて。ここで聞く話は俺の胸の中だけに留めておくと誓う。きみのことがもっとたくさん知りたい。理解したいんだ」

「つまらない愚痴《ぐち》ですよ。聞いたって面白くも楽しくもなんともない」

それでもかまわない、という目で憲吾に見つめられ、元哉はいったん閉ざした口を再び開いた。なぜか、話してすっきりしたい気分だったのだ。こんなことを話してもいいという気持ちになる相手は憲吾しかいないと、頭のどこかで訴える声が聞こえていた。

「僕は法曹界に身を置くことで、一度は父に逆らったけど、もう、これ以上嫌われたくないと無意識に媚びているんでしょう。小心ですよね。自分でも――いささかうんざりする」

「誰でも人から嫌われるのは辛い。できれば好かれたいと思うのは当然のことだ。それを小心だとは、俺は思わない」

「優しいんですね」

元哉は唇の端を軽く噛み、本気でそう言った。

憲吾がすぐ傍らにいて、手を握っていてくれるだけで、心がゆっくりと溶けていく。もう父親に対して無理をしてみせなくてもいいのだ、と自然に思えてくる。

「今では僕も父を絶対だとは決して思わないけれど、心のどこかに、好かれたい、認められたいという気持ちが強くあるんです。父の薦める女性と好きでもないのに交際したことだってあります。滑稽ですよね」

「俺としては、そこまできみに精神的なプレッシャーをかけているお父上に、憤《いきどお》りを感じてしまうな」

「でも結局、僕はほとんどの場合父のお気に召すことはできないんです。自分では結構がんばったなと思っても、父にとっては取るに足らないことだったり、興味のないことだったりして。ウマが合わないんでしょうね。だから、今夜みたいに落ち込んでいるときには、家に帰りたくないんですよ。検事局でのことなんて知られているはずもないけれど、いつものように父に冷たい目で見られるのが格別堪《こた》えそうで怖いから。酔えるものなら酔いたかったんだと思います」

「きみがこれほど辛い思いをしていること、お父上は知るべきだ」

「同情はいりません。僕は、あなたに同情して欲しくて話したわけじゃないから」

ギリギリの意地で元哉は釘を刺す。

フッと憲吾が重々しい溜息をつく。

「そんなつもりはない。ただこれだけは覚えていてくれないか。元哉、俺はきみが好きだ」

「加藤さん」

本当に、本気なのか、と元哉はとことん疑り深く慎重になった。

どうしてもあと一歩のところで、信じて懐《ふところ》に飛び込んでいく勇気が出せない。簡単に信じて後から傷つくのをひどく恐れている自分がいる。元哉は、憲吾に関することでだけは傷つきたくなかった。他のことにはきっと堪えられると思うのだが、もし憲吾に弄《もてあそ》ばれて裏切られたら、辛くてどうしていいかわからなくなりそうな予感がする。だから、とてつもなく臆病になるのだ。

疑いを捨てない元哉に憲吾は辛抱強く繰り返す。

「好きなんだ。そして、知れば知るだけ、もっともっと好きになる」

「こんな……役に立たない男でもですか」

「役に立たない？」

意外なセリフを聞いた、とばかりに憲吾が首を傾げてみせ、冷やかすように薄く笑う。

「いきなり殊勝なことを言いだしたな。さっきの威勢のよさはどうした？」

元哉はたちまちバツが悪くなった。返す言葉がない。

「俺は、ああいう威勢のいいきみも好きだが、きみがいささか無礼な発言をしたことに関してはまだ少し根に持っている」

「体が目当てだなんて言いかけたことは、謝ります」

「ああ」

素直でよろしい、というように憲吾が僅かに唇の端を上げる。

「きみは俺のことをどのくらい受け入れられそう？」

「……わかりません。……まだ」

「少なくとも、ゲイが嫌いではない？」

「わか、らない……」

なんだかひとつひとつ答えるうちに洗脳されていくようだ。

元哉はクラクラしてきたこめかみを押さえた。

「俺がこうやって手を握っていても払いのけない程度には、俺のことを好意的に見てくれていると思ってもいいのか？」

「……待って」

またここで何か答えると、もっと自分の気持ちが迷路に入り込んでしまいそうで、元哉は頼りなげに制止した。

憲吾は余裕で微笑んでいる。

悔しい。

当惑しているのは元哉ばかりなのだ。いくら歳が離れているからと言っても、負けず嫌いが身についてしまっている元哉には、あっさりと相手の優位を認められない。

「待つのはかまわない。いくらでも」

「たとえ可能性がゼロでも?」

「ふん。さぁ……それはどうかな」

いったん言葉を切った憲吾は、いかにも自信たっぷりの目で元哉を見つめる。

「俺が思うには可能性はゼロじゃないようだけど、きみはどう思う?」

「もう嫌だ」

とうとう元哉は言葉の駆け引きに耐えられなくなり、憲吾に手を握られたまま立ち上がった。

「元哉」

「わからないことばかり立て続けに聞かれると苛々する」

「帰るのか?」

「もう何も聞かないでください」

憲吾の質問はそう言ってはねつけたものの、まだ帰りたくない。しかし、ここでまた座り直すのもみっともない。仕方がないので、もう一軒場所を変えて飲もうと思った。

ところが、元哉よりも憲吾のほうが先にキャッシャーに向かって歩きだしたので、事態はまたしても予測外の方向に転がっていくようだった。もっとしつこく食い下がるかとその場で構えていた元哉を尻目に、憲吾は長い足で颯爽《さっそう》と歩いていく。不意を衝かれた元哉は、その後ろ姿を呆然と見送ってしまったのだ。ハッとして追いかけたときには、憲吾はすでにキャッシャーで二人分の飲み代を払った後だった。

「加藤さんっ!」

元哉は憲吾の背中に向かって、ちょっと不本意さを滲ませた声をかけた。理由もないのに奢られるわけにはいかない。しかも二度めだ。

「困ります」

「だったらこの後行く店できみが払えばいい」

振り向きもせずに憲吾が答える。

「えっ?」

「どうせ場所を変えてまだ飲むつもりだったんだろ?」

図星を指され、元哉は詰まった。

「もう一軒、俺も付き合うよ」

「そんなこと誰も頼んでいません」

「じゃあまっすぐ家に帰るか? それならそれで送ってやろう」

結構です、と断ったところで憲吾に退く気がないのは、歩きながら鋭い視線を背後に流して一瞥《いちべつ》されたことから明らかだ。

元哉は腹を括《くく》って諦めた。

本音《ほんね》ではもう少しだけ憲吾と一緒にいたい気持ちがあったのも事実である。こんなふうに酒を酌み交わす機会はきっとそうそうないだろう。だったら、今夜徹底的に自分の気持ちを追及してみるのもいいかもしれない。

たぶん、元哉も憲吾に、何か定かではないが他の人との間には感じられない気持ちを持っているのだ。

それがなんなのか、はっきりさせられるものならばはっきりさせるのもいい。

少なくとも、支えたような胸の苦しさはなくなるのでは、と考えた。

4

どうせまた食事をしていないのだろうと踏んで、憲吾は二軒目にパブレストランタイプの店を選んだのだが、元哉がかろうじて手をつけたのはフルーツとチーズののったクラッカーくらいのものだった。

元哉はべつに管を巻いたり絡んできたりするわけではなく、そこでも不機嫌そうな仏頂面をしたまま、ゆっくりしたペースで静かに飲んでいた。憲吾が心配するようなことにはならなかったわけである。

だが、かなり酔いが回っているのは間違いない。

元哉はついに糸が切れた人形のような唐突さで酔ってしなだれかかってきた。

あまりアルコールに耐性がなさそうだということは、前の店でバーボンを飲む様子を密かに観察していたときからわかっていた。

やはり無理にでも家まで送って帰るべきだっただろうか。

憲吾は元哉の細い肩をしっかりと抱き支えつつ、いったんはそう思ったのだが、すぐに否と心の中で首を振る。

先ほど元哉が珍しく自分から素直に語ってくれた深水家の雰囲気を考えると、憲吾は傷心している元哉に、早く家に帰れとはもうとても言えなかった。むしろ、自分でいいなら今晩ずっと傍についていてやりたいとさえ思ったのだ。

惚れたもんだな。

自分でもこんなにあっさりと恋に落ちるとは思いがけなかった。

二人きりで向き合い、たいして会話が弾むでもないのにアルコールのグラスだけ重ねながら、憲吾は元哉にどんどんのめり込んでいく自分を意識していた。腹を探り合うような気の抜けない問答をいたずらに繰り返すだけで真意は少しも掴めていないというのに、憲吾は元哉を愛しいと思う。愛しくてたまらず、冷たそうな細い指を取って握り締め、同じように体まで抱き締めて温めてやりたいと何度も感じた。もし元哉があとほんの僅かだけでも憲吾を信じ、頼ってくれたなら、憲吾は迷わずそうしただろう。何もしなくていいから、ただ一緒の部屋に寝て、憲吾を安堵させて欲しかった。しかし、あえてそう誘うのを堪えたのは、傍目《はため》にも混乱しているのが明らかな元哉をこれ以上悩ませたくなかったからだ。

そうこうしているうち、酔って重心がふらつくようになった元哉が憲吾の方にぐったりと体を凭《もた》れかけさせてきた。まるで自制心を試す意地悪をされているようだ。

「元哉」

憲吾はパブレストランの薄暗い照明の下で、どこか扇情的《せんじょうてき》に陰影のついた美しい顔を見やり、耳元で名前を呼んだ。

「んっ……」

元哉がうっすらと唇に隙間をつくる。

罪つくりな仕草だ。

憲吾は軽く溜息をつき、「襲うぞ」と囁く。

すると、ピクリと長い睫毛が震え、元哉がようやく重そうな瞼を動かした。

「……加藤、さん……？」

「ああ。大丈夫か？　三杯目をオーダーしていたとき止めればよかったな。体に力が入らないんだろ？」

「は、い」

ぐったりと憲吾の肩にしなだれかかったままで、元哉が心なしか呂律《ろれつ》の回らない声を出す。

「もうそろそろいいだろう。帰ろう」

すでに午後十一時半を過ぎている。場所によっては終電がなくなる時刻だ。憲吾は元哉の家がどこなのか知らない。もしこのまま眠り込まれたら――。幸運なのか不運なのかは考えようによって微妙なところだ。少なくとも、元哉が幸と捉《とら》える可能性は低い気がする。

「立てるか？」

憲吾が聞くと、もう一度元哉は覚束なげな調子で「はい」と答えたが、自分から立つ気配は
まるでない。

伏せられたままの長い睫毛がほの赤く染まった肌に影を落としている。

憲吾は小づくりな顔に打ちかかる乱れ髪を払い、頬にそっと手のひらを当てて元哉の体温を
感じた。睫毛がふるりと一度だけ揺れたが、元哉は目を閉じたまま、抵抗も抗議もしなかった。

「タクシーを呼んでもらおう」

元哉からの返事はない。

憲吾は微かな溜息をつき、苦く笑った。

「朝になってから、起きてみたら俺の部屋に連れ込まれてたってわめくなよ」

この場合憲吾には下心というものはなく、純粋にこれしか仕方がないという気持ちだった。

元哉を放り出して帰るような無責任なまねはできない。元哉のそもそもの意思がどうであった
にしろ、二軒目に誘ったのは憲吾だ。

タクシーが来るまでの間本当に眠り込んでいた様子の元哉だったが、「来たぞ」と肩を揺す
るとうっとり目を開く。

濡《ぬ》れて少し充血した黒い瞳が憲吾の胸をドキリとさせた。

やはり、ちょっとまずかったかな。

たちまち後悔した憲吾だったが、この期《ご》に及んでそんなことを言っても始まらない。抑止力は強いほうだと自負しているので、それを信じることにした。

元哉はタクシーに乗るとまた眠ってしまった。

ぴったりと密着した体が熱を伝え合う。

変な気分だ。こんなふうに恋人同士としか思えない距離にいるのに、この綺麗で意地っ張りな男は、憲吾の気持ちだけ聞いて、自分のスタンスははっきりと示さない。

どうやら最初ほど胡散臭《うさんくさ》がられても迷惑がられてもいないらしいことはわかる。ゲイに対して強い抵抗や偏見があるようでもない。むしろ以前にもそれらしい迫られ方をした覚えがあって、まんざらでもなかったのだろうと推察できるくらい自然な受け止め方をする。つまり、ノーマルな男女の交際と同じ感覚で憲吾と付き合うことを考えてもらうのは可能のようなのだ。

そこまで了解していながらも、元哉が憲吾を受け入れてくれそうなのか否か肝心の部分には、今ひとつ自信が持てない。

これも元哉流の作戦なのだろうか。

たまに気のある素振りを見せるのは、憲吾を気のすむまで翻弄し、あらゆる意味での雪辱を果たそうとしているだけで、恋とか愛とかの甘い感情が入り込むことは今後もあり得ないのだろうか。

それとも、元哉自身、混乱するほどに悩んでいるからはっきりした態度を取れないのか。

また溜息が出た。

傍らで眠っている元哉を恨めしく見やる。

どうしようもないほど好きだから、憲吾は情けないほど戸惑わされるのだ。

元哉にも言ったとおり、待つのはいくらでも待っていいが、問題はどこまで憲吾が理性的でいられるかだ。痺れを切らして、もし元哉の意に添わぬことを衝動的にしてしまったらと思うと、それが一番怖い。頼むから早くどっちかに決めてくれ、と懇願《こんがん》したくなる。

そんなことを考えて鬱々としているうちに、タクシーは憲吾の住むマンションの前で停まった。

「元哉。着いたぞ」

「……んっ……？」

強めに肩を揺すると元哉は嫌々起きて、憲吾に腕を引かれるまま降りた。どうにか自分で立ってはいるが、支え手がなければすぐにでも地面に頽《くずお》れてしまいそうだ。

「俺のことを恋人として好きなわけでも信頼しているわけでもないんだろうに。無防備だぞ、きみは」

憲吾は元哉の腕を肩に回して摑まらせ、さらに腰を抱くようにして部屋まで歩かせた。

まるで保護者になった気分だ。普段はあれだけ取り澄まして冷淡な表情をしている元哉が、今夜に限っては子供のように思える。なぜここまで甘えてくれるのか、期待するようなことをちらりと考えたが、憲吾はすぐに否定した。酔ったら誰でも多少なりとこんなふうにわけがわからなくなるものだ。元哉はそれだけ深く傷つき、疲れ果てているということだろう。今はそれ以上の意味づけを勝手にしたところで、後から肩透かしを食らわされて落胆するのがオチだという気がする。だから、よけいなことはもう考えないようにした。

寝室のベッドに元哉を腰掛けさせ、憲吾はまだ前のめりに凭れかかってくる細い体を軽く抱擁し、サラサラした髪に指を差し入れた。

いい香りがする。憲吾が朝だけ軽くつけているオーデコロンの類《たぐい》ではなく、シャンプーの香りのようだ。

「元哉」

そのまま自然に頬まで指を滑らせた。もう片方の手でそっと顎を擡《もた》げさせる。

顔を上向かせると、元哉が潤《うる》みきった目を開けて、ぼんやりと憲吾を見上げてきた。

桜色をした唇が誘うように緩む。

もう少しで顔を近づけ、くちづけしてしまいそうな情動に襲われたが、憲吾はどうにか理性でそれを回避した。

「今夜はもう何も考えずに寝るといい。どうせその様子じゃ考えたくても考えられやしないだろうがな。俺は向こうにある和室で寝るから、よけいな心配はしなくていい」

憲吾の言葉をちゃんと理解したのかしていないのか、元哉は無言のままだ。一度はしっかりと憲吾を見たはずの目は、どこともつかぬ方向に逸らされている。

早く一人になりたいってことかな。

そう感じた憲吾はいつまでも髪や頬を触っていたいという気持ちを抑え、屈めていた腰を伸ばしてベッドサイドを離れかけた。

すると、それまで人形のように座っていた元哉が、唐突に右腕を伸ばしてくる。

元哉の指は憲吾の上着の裾《すそ》を握り締めた。

「なんのつもりだ?」

憲吾は心を落ち着かせて、ゆっくりと元哉に聞いた。

元哉は赤味の増した顔を上げ、唇を何度もピクピクと引きつらせる。どうしても言葉が出ない、そんな感じだろうか。

仕方なく憲吾は噛んで含めるように言う。

「俺はきみが好きなんだぞ、元哉。先輩としてでも、友人としてでもなく、男が女に求愛するのと同じ意味で、だ。わかるか？」

コク、と元哉が唾を飲む。

激しく緊張しているのが伝わってきて、憲吾は認識を改めた。元哉は酔って完全に理性をなくしているわけではないのだ。最低限、自分がしようとしていることは理解している。

「……俺は、もしかすると、遠慮しなくてもいいのか？」

刹那的な気持ちであれ、元哉は今夜人肌を欲しがっているらしい。憲吾は複雑な気持ちになって迷った。一度寝るだけの関係を持つのは決して初めてではないが、その相手として本気で好意を寄せている人を選んだことはない。

「きみは、狡いぞ」

言葉もなく目や唇で誘惑する元哉に、憲吾は恨めしげな気持ちを隠さなかった。

「せめて一言、何か言うべきだ」

まだ裾を摑む手はそのままになっていたのだが、元哉はその指に力を入れて引っ張った。

「元哉」

拗ねた子供を連想する。

「なんて……言えばいいか、わからないから」

ボソボソと口の中に籠もるような声がやっとそう言った。

「ん？」

憲吾は元哉の前に中座りになると、裾を離したばかりの指を強く握り込んだ。

下から覗き込んだずっと年若い元哉の顔は困惑と羞恥とで気の毒なくらい紅潮している。これが酔いのせいでないことは確かだった。

可愛い。

そして、なんだか無性にせつない。

憲吾は胸が熱くなってきた。

「俺のことが好きか？」

わからない、と元哉はゆるゆる首を振る。

今にも泣きだしそうで、憲吾はそれ以上元哉を追及して困らせるのが忍びなくなった。「わからない」というのは、少なくとも「嫌い」ではないということだ。だったらもうそれで十分な気もする。あとは徐々に時間をかけて答えを出してもらえばいい。元哉のためなら憲吾は少しくらい譲歩してもかまわないと思った。好きだと言ってもらえないのは哀しいが、もし寝てみることで元哉が少しでも楽になれるのなら、そういう始め方もありかもしれない。これまでの憲吾の主義からは外れるが、それより大事なのは元哉のほうだ。

「俺と寝てみるか？　寝たら何か変わると思っている？」

今度は元哉も微かにだが頷いた。

「後悔、しないな？」

憲吾が最後にだめ押しすると、元哉は少しムッとしたように眉を吊り上げ、いつまでも慎重で不粋な憲吾を責めるように、首に両腕を回して抱きついてきた。

これはもう、案外、答えをもらったと思ってもいいのかもしれない。

元哉がここまで大胆に、なりふりかまわないことをしてくれるのだ。聞けばあくまでも「わからない」と言い張るが、本当の気持ちはそうではないのではなかろうか。

憲吾は元哉の腕を取って一緒に立ち上がると、足下がふらつく不安定な細い体を、ぎゅっと力を込めて抱き締めた。

「あっ……」

元哉の全身が電気を流したように大きく震える。

「憲吾って呼んでみろよ、元哉」

「け、……憲吾」

そうだ、と憲吾は元哉の耳に息を吹き込み、うなじに唇を押し当てた。

「あ……」

元哉がたじろいで腰を捻ろうとする。

「初めて?」

「そ、そんなこと、聞かなくたってかまわないでしょう」

少しばかり弱々しいところを見せても、やはり元哉が意地っ張りでプライドが高いのは変わらないようだ。初めて、とは素直に答えない。しかし、憲吾にははっきりと元哉の全身の緊張と震えが伝わってきており、元哉の初々しさに微笑ましい気持ちにさせられていた。

腰を抱いて支えた姿勢で、元哉のネクタイをシュルッと抜き取る。

元哉は抵抗せず、恥ずかしげに憲吾の腕の中でおとなしくしたままだ。ぴったりと合わせた腰をときどき僅かに揺らすのは、籠もってきた熱をどうにかして散らそうとするためのようだった。

シャツのボタンを外すと、白い首筋が現れる。

憲吾は三つめまで外して開いたシャツの隙間から手を入れ、熱の籠もった肌に指を滑らせた。

「んっ」

不慣れな元哉が敏感に反応し、息を弾ませる。

体の反応の正直さが憲吾にはとても嬉しい。元哉の本音を引きずり出すには、口より体に言わせるほうが断然手っ取り早くて確かなようだ。

胸板を手のひらで撫でながら、憲吾は微かに喘いでいる唇にくちづけをした。

柔らかな感触を唇で確かめたとたん、憲吾の体の芯を快感の震えが走り抜けた。

「元哉」

いっそう強く抱き竦める。

「ん……うっ……」

たちまち深くなるキスに、元哉は怯えて体を強張らせた。憲吾はそれを宥め、大丈夫だと教えてやるように背中を何度も撫でてやった。

普段は生意気さが鼻につくくらい高飛車な印象のある元哉だが、抱くとひどく無垢《むく》で初々しくなる。憲吾にはそのギャップがとにかく新鮮だ。

キスをしながら器用にシャツを脱がせ、スラックスのベルトも外してやった。

そうしておいてゆっくりと元哉の体をベッドに横たえる。

スプリングがキシリと音をたてた。生々しい。

元哉も同じ事を思ったらしく、恥ずかしさに耐えられないように顔を壁の方に背《そむ》けてしまう。

どうやら酔いが残っているのは体だけのようだ。その点に気づいたとき憲吾は安堵した。酒の勢いで体を開かれるのは他にどんな理由があるにしろ、やはり納得がいかない。特に、元哉は男と寝るのはこれが初めてのようだから、そういう勢いに流されたような初体験にさせるのは、忍びないと思っていた。たぶん、憲吾自身が一番嫌だったのだろう。

憲吾は自分も衣服を脱ぎ捨ててしまうと、元哉の隣に横になり、裸の体同士できつく抱き合った。

「……き、つい……」

元哉が息苦しそうに呻《うめ》く。

「好きだからこうするんだ、元哉。しっかりと覚えておくといい」

お互いの体温と肌から香る汗とコロンの匂いで官能がいっきに高まる。

今夜はきっと、これまで経験してきたどんな夜にも負けないほど情熱的になってしまう予感がする。

憲吾はその予感で逸《はや》る気持ちをどうにか押し殺し、元哉の唇にもう一度優しいキスをした。

＊

何をしているんだろう。

――僕はいったい、何をしているんだろう。

元哉はさっきからずっと譫言《うわごと》のように胸の中で繰り返し続けていた。

シーツに縫い止められた体。その上にのし掛かっている逞しい男の体。信じられない。まるでリアルな夢を見ているようだ。夢だと思いたくても、熱と匂いと肌の擦れ合う感触、それから確かな重みとが否定する。元哉はこれが他ならぬ自分自身が望み、招いた結果だと、どうしても認められないでいた。

「元哉」

憲吾が熱っぽい息を吐きながら耳朶を噛む。

ちりり、とした甘い痛みが耳の付け根を通じて顎の先まで伝わる。たったそれだけで元哉は自分が出したとも思えない艶めいた声を立てていた。

好きなんだ、と真摯で誠実な目をして告げてきた憲吾の言葉が頭の中で何度も甦る。

嘘だ。

元哉は頑なに否定しながらも、心の奥底に、縋るような気持ちで本当だと思いたがっている自分が存在することを意識していた。

いくら憲吾が男しか好きにならない類の男だとしたところで、相手は星の数ほどもいるに違いない。なにしろ憲吾はいい男だ。正面切って認める気はさらさらないが、非の打ち所のない体つきと容貌をしているし、とにかく他人に対して優しく親切だ。口では憲吾のことを「お節介焼き」と迷惑そうに言ってみせる元哉だが、それは素直になれないからであって、決して本気で疎ましく感じているわけではない。

今まで誰かを特別好きになったことなどなかった気がする。

なぜ憲吾にだけこんなモヤモヤとした変な気持ちになってしまうのか、元哉は困惑するばかりだ。従兄とキスしてもこんなふうに体が痺れてきはしなかった。ドキドキした覚えもない。

「冗談だよ」と言われれば、そうか、とあっさり頭を切り換えられたのだ。

ところがどうだろう。

憲吾を前にすると、元哉はたちまち動揺し、つまらない意地ばかり張ってしまう。揚げ句苛々としてしまって、憲吾に眉を顰めさせ呆れられては、今度はそのために落ち込むのだ。いくら元哉が人付き合いの苦手な不器用きわまりない男でも、通常はここまであからさまではないし、要領も悪くないつもりだ。

たぶん、元哉は憲吾を激しく意識している。好きかもしれないのに、無理に気持ちを誤魔化して何事も感じていないように振る舞おうと努めている。

こんなふうに自分の気持ちさえも定かでないのに、憲吾が本当はどういうつもりでいるのかとまで考える余裕はない。

好きだ、と告げられても、嘘だ、としか返せないのはそういうわけだ。

本当は——近頃、憲吾のことを思い出すたびに甘く痺れる体を、抱き締めて欲しいと望む瞬間があった。そんな淫らな妄想をするなんて、といくら打ち消そうとしても、しつこく頭に浮かんでくるのだ。

なぜ、と聞かれても答えられない。元哉のほうこそ教えてもらいたいくらいである。

実際に元哉は、裸にされてあらゆる恥ずかしい行為をされる夢まで見た。ある朝起きたら下着が濡れているのを知ったときの屈辱が、まざまざと甦る。その後すぐ何事もなかったような顔をして父や弟たちの囲む朝のテーブルに着かねばならなかったが、今考えてもよく平然としていられたものだと我ながら感心する。だがもう二度とごめんだと思っていた。

今、元哉を抱き竦め、耳朶を噛んだり頬や額や唇にキスしたりする憲吾は、紛れもなく本物だ。夢ではない。

今日は確かに精神的な疲れが強かった。

皆の面前で副部長の嫌みに晒されて、美村からまでも腫れ物に触るように扱われ、どうにもこうにもむしゃくしゃとして平静ではいられなかったのだ。

だから酒を飲んだ。飲んで少しでいいから気を紛らわせたかった。

そこに偶然来合わせた憲吾に対して、少しだけ自棄になったからといって、誰に元哉を責められるだろう。普段、自分自身を律することにかけては、元哉は人並み以上だと思う。しかし、たまには元哉だって羽目を外して奔放《ほんぽう》な振る舞いをしてみたい時がある。それがたとえ同性とのセックスでも――お互いが納得しているのなら、誰にも文句を言われる筋合いはないはずだ。

「元哉」

耳に心地よいバリトンで名を呼ばれ、元哉はふっと意識を現実に戻した。

すぐ真上に憲吾の顔がある。

照明を絞って薄暗くした中でも、憲吾の顔はよく見えた。ゾクッとするほど色っぽい表情をしている。外で会うときとのギャップに元哉はドキリとした。

たぶん、こんな顔を見せるのはこうやってベッドの中で恋人と仲睦まじく過ごしているときだけなのだろう。そう思うと、快感を滲ませた汗ばんだ顔がひどく愛しくなってくる。元哉はごく自然に憲吾の背中を抱き寄せ、目を閉じた。

何も見えない状態だと視覚以外の感覚が鋭くなる。

憲吾の手のひらが胸を這《は》いまわり、胸の突起を見つけて摘《つま》み上げた。

「やっ、あ!」

指で強く磨り潰すようにされると、刺激がそのまま下半身にまで繋がっていく。

「感じやすいな」

「ああっ、あっ……いや」

続けざまに弄られて、元哉は大きく顎を仰け反らせた。

痛いくらいに感じる。交互に指と唇とを使われて、弱みを徹底して苛《いじ》めるように責められると、元哉はたまらなくなって淫らな喘ぎ声をいくつも立てた。

足の付け根で半分勃《た》ち上がっていたものが、さらに硬度を増すのがわかる。

恥ずかしくて、元哉はますます強く瞼を閉じ合わせていた。どうか胸にかまけている憲吾に気づかれないようにと願ってしまう。けれど、場数を踏んでいそうな余裕のある愛撫《あいぶ》で元哉を翻弄する憲吾が、一番の快楽の源がどんな状態になっているのかに注意を払っていないわけがない。

右の突起を唇できつく吸い上げられ、あられもない悲鳴を洩らして僅かに腰を浮かせたところで、すかさず陰茎を手の中に握り込まれた。

「あああ、あっ」

全体を軽く揉まれ、二度ほど扱《しご》かれただけでも頭の中がぐちゃぐちゃになるほどの快感が生まれる。

「いやだ、いや。……う……あっ、あ、あ」

「濡れてきた」

「や、やめて……」

憲吾の短い一言で元哉は全身に火をつけられたような羞恥に襲われた。自分の手でもめったに触らない部分なのに、憲吾に思うさま弄って刺激され、そのうえどんなふうになっているとわざわざ教えられるのだ。恥ずかしくてどうにかなってしまいそうだった。

やめて、とどんなに頼んでも、憲吾は聞いてくれない。

舐《な》めて吸われて、ほんのり腫れたようになって熱を持っている胸の突起にも、交互に唇と舌とを使う。

舌先で弾くように嬲《なぶ》られたら、ひどく感じてしまって甘い嬌声《きょうせい》が零れてしまった。

手の中でリズムをつけて扱かれているものは、今にも弾けそうだ。淫らな液で憲吾の手を汚しているのがわかる。先端の割れ目を指で擽《くすぐ》られ、どんどん溢れてくるものをぬめぬめと塗り広げられる淫靡《いんび》な感覚がたまらない。

「んんっ、く……あっ」

敏感な部分を同時に責められると、未熟な元哉はシーツの上で上半身をのたうたせながら、いくつもはしたない声を上げ、目尻に浮き出てきた涙を振り零した。

「早く、いかせて……お願い、いかせて」

しまいにはとうとうそんなことまで哀願し、一刻も早く楽になりたくて泣いていた。

憲吾は決して元哉を苛めたいわけではないようで、元哉が「お願い、お願い」と切羽詰まって縋りつくと、「わかった、元哉」と優しく瞼にキスをして、苦しげに張りつめてしとどに先走りを滴らせているものを解放させるように、手の動きを速めた。

「や、あああっ、あっ、い、いい。あう……っ、あ」

目も眩みそうな快感が押し寄せてきた。いい、などと思わず口走ってしまう。自分ではまったく無意識で、耳にした途端恥ずかしくなる。そう言わずにはいられないくらい快感が強かった。

誰かの手でいかされるのは初めてだ。

元哉はどうにも嬌声を噛み殺せず、ビクビクと腰を小刻みに跳ねさせながら、両足の指を突っ張らせて達した。

「あああ――はっ、は……あ」

なまあたたかいものが腹に飛び散る。

「元哉」

涙でぐしゃぐしゃの顔に憲吾が余すところなくくちづけする。髪に長い指を入れて掻き混ぜ、左手はシーツにぐったりと投げだされている元哉の右手をしっかりと握り締めてきた。

「きみの新しい顔を一つ知るたびに、俺はさらに好きになる」

くちづけを続ける憲吾もいつもよりずっと興奮しているようだ。

「俺のこと、頼むから本気で考えてくれないか」

言葉にはひどく熱が込められていた。

「俺が嫌いでないなら、せめて好きか嫌いかわかるまででいいから、付き合ってくれ」

瞼の上にまで唇を感じた元哉は、いっそここで素直に了承できたらどんなに楽になれるだろうと思った。実際、返事は喉元まで出かけていたのだが、どうしても最後の一山を越えられず、その場では荒い吐息をつきながら素知らぬ顔をしているだけになってしまう。内心、元哉は泣きたいくらい自分の要領の悪さが嫌だった。しかし、これが元哉の性格だ。そんなに簡単に性格を変えられるくらいなら、世の中の誰も苦労しない。

「嫌か？　——嫌、じゃないんだろう、元哉？」

気持ちが昂っているせいか、ベッドの中の憲吾は少しだけ強引になっている。

元哉は逆にそれに救われた。

じわりと胸の内から滲み出てくる嬉しさを必死になって無表情の仮面の下に押さえつつ、わざとそっけない口調で答える。

「そんなに、言うなら……」

「ああ。この強情っ張りめ。きみはきっとそう答えると思ったぞ」

憲吾は元哉に最後まで言わせず、勢いづいた調子でそう言うと、どういう意味、と元哉が唇を尖らせる前に素早く唇を塞いでしまった。

「んんっ、なにす……あっ、あ」

いきなり舌が口の中に入り込んでくる。

元哉はびっくりして顔を逸らしかけたが、しっかりと顎を捕らえられていて叶わない。

「う……、うっ」

激しく動き回る舌で感じる部分を擽られたかと思うと、次には戸惑っている舌を搦《から》め捕られ、強く吸い上げられる。互いの唾液が混じり合っても平気でそれを啜ってしまい、さらには自分にまで嚥下《えんげ》させる淫靡さに、元哉はさっき中心を弄られていかされたときと同じか、それより強く酩酊した。

「や、……めて」

「違う」

憲吾が恐ろしく色気を含ませた目で元哉を見据えた。

「こういうときは、もっと、と頼むんだ。きみにはこれから俺がひとつずつそういうことを教えてやる。もっと、と言ってみろ、元哉」

こんな言葉を耳に直接吹き込まれてはたまらない。元哉は頬が熱くなって困るくらい顔を上気させ、憲吾の胸板を押しのけて体の向きを横に変えようとした。しかし、逆に手首を摑まれて、シーツに磔にするように押さえ込まれてしまった。

「そんなこと、頼まない。……離してください」

両腕を左右に押さえられているせいか、元哉の声は頼りなくなる。

嫌なのではない。むしろ、こんなふうに体の自由を奪われて、上段に構えた男から何かを迫られることに、ある種の倒錯めいた快感さえ覚えて、自分で自分がわからなくなってきたのだ。

もしかすると、もっと手荒く扱われ、振り回されることで満足する部分が自分の中にはあるのかもしれない。今まで一度もこんな目に遭ったことはないが、元哉はどんどん体が興奮してくるのを感じる。さっき放ったばかりのものも、またじわじわと硬くなってきているようだ。

「やっぱり体のほうがずっと正直だ」

憲吾がすぐに気がついて、勝ち誇ったようにニヤリとする。

元哉は恥ずかしさに顔を背けた。悔しい。けれど、憲吾の腹の下に敷き込まれた状態なのだから、気づかれないほうがおかしいのだ。

「元哉」

憲吾が穏やかに優しく元哉を呼び、機嫌を直せ、と言わんばかりに可愛いキスをする。押さえていた両手も離してくれ、代わりにしっかりと背中まで腕を回して抱き締めてきた。

我ながらどうしたことかと訝らずにはいられないが、元哉はたったそれだけで本当にほだされていた。

憲吾と目を合わせる。

酔っているせいか、それとも元哉の気持ちが高揚しているせいか、憲吾が一段と凛々《りり》しく見える。この先憲吾よりいい男にはきっと出会えないだろうなどと思えたくらい、素晴らしく完璧に感じられたのだ。人は誰でもただ一人のための唯一の存在になる、というのが真実なら、元哉の相手は憲吾なのかもしれない。そんな予感までした。

「きみが欲しいけど、無理はさせたくない」

憲吾は唐突にそう言うと背中に回していた腕を一方だけ抜き、元哉の頬を労《いたわ》るように撫でた。切れ長の目はスッと細くなっていて、少しだけ残念そうだ。

「……どうして？」

憲吾にも気持ちよくなってもらいたい、という気持ちがごく自然に湧いてくる。元哉には憲吾の言葉が不本意だった。

「遠慮なんて、あなたらしくない」

「そうじゃない。遠慮じゃなく、俺は純粋にきみを大事にしたいだけだ」

「でも」

そんな自分だけがいい思いをするようなことは元哉が嫌だ。

元哉はキュッと唇を引き結ぶと、黙ったまま憲吾の下腹にまで頭の位置をずらした。

「も、元哉っ！」

憲吾のものはすでにすっかり育ちきっている。

元哉はその大きくて硬くなっているものを躊躇わず口に含んだ。

「うっ」

頭上で憲吾が低く呻く。

先端の割れ目からじわりと濃厚な滴が滲み出る。元哉はそれを舌で掬って舐めた。嫌悪などまるで感じない。それどころか、熱いものが体の芯から徐々に広がっていき、もっともっと積極的に憲吾の体に触れたくなる。

今夜すぐには確かに無理かもしれなかったが、いつか元哉はこれを自分の中に入れられてみたいと思う。未知の部分を押し広げられ、圧倒的な大きさで擦り上げられる……想像するだけで体が疼《うず》いてきた。

もう認めてもいいのではないかと思えてくる。

素直に、自分も好きになってしまったようだと告げたら、憲吾はどんなふうに反応するだろう。

猛っているものをぎこちなく唇や舌や指で愛しながら、元哉はずっとそんなことばかり考えていた。

朝になれば、また冷たくて無愛想な態度を取ってしまうかもしれない。いや、きっとそうなるに決まっていた。そのへんの自分の不器用さは、自分が一番わかっている。

「元哉……元哉」

ぐしゃり、と憲吾が元哉の髪を掻き混ぜ、切羽詰まった声を洩らす。

限界が近いようだ。

元哉は憲吾のものにありったけの愛情を注いでやる。

「元哉！」

憲吾がとうとう元哉の顔を押しのけ、枕元に用意してあったティッシュの束を取る。

「ああ、あ」

色っぽい声が長く続く。

引き締まった腹部が忙《せわ》しなく上下するさまを見ていると、元哉自身も満足感でいっぱいになった。嬉しい。憲吾をこんなに感じさせられた。

「……負けましたよ」

元哉がぼそりと呟いた言葉に、憲吾が訝しそうに目を見開く。今負けたのは自分だろう、というふうだ。

元哉はツンと顔を逸らして照れ隠しに前髪を掻き上げた。

「あなたのこと、僕もやっぱり好きみたいです」

□□□

憲吾は弘毅と、百合本事件の公判が始まる前に一度会う約束をしていたのだが、具体的に日時を決めて会うより先に、国立国会図書館二階の目録ホールでばったりと出会《でくわ》すことになった。土曜の午後、偶然お互い来ていたのだ。

弘毅は一人ではなかった。なんと折原泉樹が一緒で、二人で「奇遇だな」と驚いているところに後から歩み寄ってきたのだ。泉樹は弘毅と向き合っていたのが憲吾だと知るや、いきなり狼狽《うろた》えた顔になった。

それだけで憲吾ははぁと気がつく。

あのとき手みやげに持っていって、慌てて置いてきてしまったワインの贈り主が憲吾だと、たぶん読みの鋭い弘毅の推測を聞かされていたのだろう。なぜ玄関口にワインだけポツンとあったのか考えたとき、恥ずかしい姿を見られたとまでは思わないにせよ、少なくとも赤裸々な声を聞かれてしまったであろうことは疑う余地がなかったはずだ。

二人には本当に不調法で失敬なことをしてしまったと反省しているが、見てしまったものは仕方がない。ここは互いに知らん顔するのが礼儀である。

折原というのは法曹界では知らない人がない一族だが、その本家末子の泉樹はおっとりとしていて、いかにも育ちのいい上品な御曹司《おんぞうし》ふうだ。あらためて向き合うといっそう強くそれを感じる。

こういう男が、よもや弘毅のようなアクの強い、どちらかというと危険な魅力に満ちた男とああした関係になっているとは、同時期に司法研習所にいた誰もが意外に感じるだろう。

憲吾はふと朝比奈仁《あさひなじん》を思い出した。やはり同期だった男で、ついこの四月に東京から大阪の地裁に転勤したばかりの判事補だが、その彼と泉樹はとても仲がよかった印象がある。泉樹は弘毅よりむしろ仁と一緒にいた印象が強い。それに、二人はなかなかお似合いだった。べつに変なふうに勘繰るわけではないが、仁はとても泉樹を大事にしていたようで、そのことは当時誰の目にも明らかだったのだ。

しかし、蓋を開けてみれば泉樹は弘毅と一緒にいる。それもかなり深い仲だ。世の中本人たちにしかわからない事というのは、存外多いのかもしれない。――他ならぬ自分自身のことについてでも、弘毅に話せば同じように思われるだろう。

「せっかくだ。時間があるなら一階の喫茶室に行かないか」

「ああ、そうだな」

「泉樹、おまえはどうする？」

弘毅は泉樹を当然のように呼び捨てにした。泉樹の顔がはっきりと赤くなる。色が白いから隠しようがない。泉樹はきまり悪げに憲吾を見て、仕方がなさそうに苦笑した。苦笑する以外どう反応すればいいのかわからなかったようだ。

「もちろん行くよ」

淀みなく同意する。どうせばれているのならもう開き直ってしまえ、と思ったらしい。そういえば、泉樹は昔から顔に似合わず結構肝の据わったところを持っていた。美貌が際だっている点では同じだが、突っ張っていても内側は案外脆《もろ》い元哉とは、性質がまるで違う。

憲吾は泉樹を見ていて自然と考えを馳せてしまった元哉のことを、もっともっと大切に慈《いつく》しんでやりたいと強く感じた。元哉にはまだ誰かが傍にいてやらないと危なっかしいような不安定さがある。もっとも、自分たち三人も、元哉の歳の頃には周囲から見たらずいぶん頼りなく思われていたのに違いない。あと七年もすれば元哉も今よりもっと、芯から逞しくなれるだろう。できればそのときにも憲吾は元哉の傍にいたいと思う。

喫茶室でひととおり事件のことや裁判の見通しについて話した後の一区切りついたところで、弘毅はふと思い出したような顔をしてワインの礼を言った。

「美味くていいワインだった。気を遣わせて悪かったな」

「いや。しかし、よく俺からだとわかったな？」

「そりゃわかるだろう」

弘毅はかえって心外だというように顔を顰める。

「わざわざ家まで訪ねてくるほどの人間というのがそもそも限られている。あのとき一番確率が高かったのは加藤だ。取り込み中で気がつかなくて残念だった。一声かけてくれればよかったのにな」

「弘毅っ！」

泉樹がとうとうこのあからさますぎる発言に素知らぬ振りをしていられなくなったらしくて、焦《あせ》って口を差し挟む。だが、弘毅は大胆な発言をやめない。

「もし迷惑でなかったならそのまま居間で待っていてもらえれば、久しぶりに同期三人であれを飲めたんだがな」

「弘毅、やめろよ」

泉樹がもう一度、居たたまれないように言う。それでもまだ弘毅は堂々としたものだった。

「いいだろうべつに。加藤は口の堅い男だ。おまえが心配することは何もない。そうだろう、加藤？」

「もちろんだ」

ふん、と弘毅は鼻を鳴らし、憲吾の心を見透かすように鋭い視線を投げてきた。

「もしかして、そっちも何かいいことがあったか？　例の件はこれからが本当の勝負だからさておき……そうだな、たとえば、深水検事あたり……、か？」

「なぜそう思う？」

憲吾は内心の動揺を押し隠して、平然とした顔つきのまま笑ってみせた。こいつ、相変わらず悪魔みたいに頭が切れる――そう思って背筋に緊張が走ったことも、もちろん悟らせないようにする。

弘毅は憲吾の切り返しをやはり余裕綽々《よゆうしゃくしゃく》とした苦笑で受け止めた。

「いや。ただなんだかこの前会ったときよりも安定感が増したかなと思っただけだ。それに、さっきから泉樹を見るたびに視線がすっと遠のいて、しかも優しげになる。俺は会ったことがないから知らんが、深水元哉はたいそうな美形だと聞くし、家の事情も泉樹と似た部分がある。泉樹を見て加藤がそんな目をするのは、たぶん深水検事を思い出すからだろうと見当をつけるのは、それほど飛躍した推理ではない。違うか？」

「ふうん、さすがだ」

ここまで言い当てられてしまうと、もう憲吾にも誤魔化しようがない。弘毅はあえて聞かないが、たぶん憲吾がゲイだというのも感づいているようだ。目が、わかっているぞ、と伝えて

きている。だからこそ、自分も泉樹との関係を隠すことなく話したのだろう。なるほど、という感じだった。初めからすべて計算尽くなのだ。

憲吾は弘毅の隣で二人の遣り取りをおとなしく聞いていた泉樹に顔を向けた。

「折原はよくこんな怖い男と始終一緒にいられるな？」

「始終じゃないよ、加藤」

泉樹が急いで否定する。弘毅は苦々しげな顔でジロリと泉樹を睨んだ。

「このとおり冷たい男だ。加藤、心から忠告してやるが、恋人はあまり理性的でない相手を選んだほうがいいぞ」

「ああ、だが、ふだんは至極理性的なのに、自分の前でだけ情熱的になってくれる相手というのも、俺は好きだな」

憲吾の言葉は弘毅をえらく満足させたらしい。

ニッと笑って眉を跳ね上げる仕草と、二人にだけ通じるような含みを込めた瞳が、同感だ、と語っていた。

コーヒーを飲み終えると三人は喫茶室を出た。弘毅たちは今し方来館したばかりで、これから必要な資料を閲覧してコピーを取らねばならないらしい。どうやら勤務先の弁護士事務所が休みの泉樹は、デートを兼ねてだろうが、弘毅に資料探しを手伝わされているようだった。

すでに用事をすませていた憲吾は二人と別れてから地下鉄の永田町《ながたちょう》駅に行った。そこから有楽町《ゆうらくちょう》に向かう。

有楽町で四時に待ち合わせている相手は元哉だ。

元哉は先に来て柱の陰に立ち、文庫本を読みながら待っていた。憲吾の目にはそのほっそりとして優美な立ち姿が何より真っ先に飛び込んできた。

手元の本に視線を落としていながらも、元哉の注意はずっと改札や通路の左右に向けられている。憲吾がどちらから来るかわからないから、取りあえず考えられる方向にずっと目をやっているようだ。その様子をしばらく遠目から見ていたくて、憲吾はあえて元哉から身を隠した。約束の時間までまだ十分ほどある。てっきり自分のほうが早く来たと思っていたのに、これは嬉しすぎる誤算だ。

立っているだけで否応もなく周囲の注目を引く元哉は、あらためて見ると本当に綺麗だ。サラサラした髪が額に落ちかかってきて、それを細い指で掻き上げる仕草ひとつ取っても感嘆する。ツンとして冷たそうな横顔がいかにも取っつきにくそうだから、声をかけようとする人はいない。憲吾にとってそれは非常にありがたかった。

できることなら、自分を待っている元哉の姿をどれだけでも長く見つめていたかったのだが、いい加減にしなければ趣味が悪い。

時計の針が四時ちょうどになったとき、憲吾は身を隠していた柱の陰を出て大股に歩き元哉の傍に近づいていった。

「元哉」

文庫本を開いたまま片手に持って、たまたま腕時計に視線を落としたところだった元哉は、弾かれたように顔を上げた。

顔を合わせたとたん、元哉の顔に一瞬だけ待ち人がようやく来てくれて嬉しいという色が浮かんだが、すぐさまいつもどおりの無愛想な表情の中に消えていく。

「待たせたか?」

「いいえ」

元哉はそっけなく答えた。

「僕もついさっき来たところです」

そして、さりげなく文庫本を閉じて脇に挟み、隠すようにする。

憲吾は口元に浮かびそうになる笑みをなんとか出さないようにと努め、ただ「そうか」とだけ返事をした。

会うのは一週間ぶりだ。

強情っ張りでいじらしい元哉を今すぐこの場で抱き締めたい。その気持ちを我慢するだけでも一苦労である。

「お茶でも飲みながら今夜のことを考えようか」

憲吾がそう言いながら先に立って歩き出すと、少し遅れて元哉もついて来た。

普段よりも歩幅を狭くしてゆっくり歩く。

今はまだ照れて横を歩いてくれない元哉だが、こうしていればそのうち気がついて、肩を並べて歩いてくれるようになるだろう。

それもきっとそんなに遠い先のことではない気がする。

そう思った矢先に、どういう風の吹き回しか、元哉が真横に並んできた。

腑甲斐なくも胸がドキドキする。

「……気がついてたんでしょう？」

ちょっと拗ねているように元哉が唐突なことを言う。

「なに？」

憲吾は惚けた。

「本当は、僕が少し前から来ていて、あなたを待っていたこと」

「どうして？」

「なんとなく。……なんとなく、ずっと見られていた気がしただけです」

「元哉」

憲吾はもう嬉しさを隠しようもなかった。

綺麗な横顔を見つめる。

長く反った睫毛が、面映《おもは》ゆそうに瞬《またた》いた。目元もほのかに染まっている。

「今夜、俺のうちに泊まりに来ないか」

元哉は一瞬だけ躊躇ったが、すぐに取り澄まして前方を見たまま頷いた。

「仕方ないですね……」

——あなたのこと好きだから。

憲吾にはちゃんと元哉が言わなかった部分まで伝わっていた。

ある夜の幸福

日曜の夜、何の連絡も寄越《よこ》さずにいきなり訪ねてきた元哉《もとや》の顔を見るなり、憲吾《けんご》は驚いて目を丸くした。

「どうしたんだ、その顔」

「父に殴られた」

元哉はきわめてそっけなく、低い声で答えた。

表面上はあくまで何でもないことのように振る舞ってはいるが、元哉が冷静な状態からほど遠いことは、ときおりピクピクと震える唇や、スーツを着た左腕を右手の指で覚束なげに何度も握り締める落ち着きのない仕草から見て取れる。日曜日なのにスーツ——憲吾は目を細めた。

「今日は登庁したのか？」

「いいえ」

じゃあなぜこんなきちんとした格好をしているんだ、と言葉数の少ない元哉に疑問は尽きないが、とにかく憲吾は「上がれよ」と元哉を促した。意外さが先に立ってうっかりしていたが、玄関先でいつまでも向き合っていることはない。

リビングに元哉を案内し、ソファに座らせる。

「コーヒー？　紅茶？」

「……ブランデーがいいんですけど」

元哉は俯《うつむ》きがちなままたしても憲吾の予想外の返事をする。

憲吾は眉根を寄せながらも、黙ってサイドボードからマーテルの瓶《びん》を取ると、片手の指に二つ挟んで持ったブランデーグラスに、器用に琥珀色《こはくいろ》の酒を注ぐ。量的にはグラスの五分の一程度しか入れていない。それを一つ、元哉に差し出した。

グラスを受け取った元哉は、香りを楽しみもせずにいきなり中身を口にする。

なんだか自棄《やけ》になっているようだ。

「それで、どういう気まぐれな風が吹いたんだ？」

来たときよりは元哉が落ち着いたようだと感じたので、憲吾は努めてさりげなく切り出した。

決して追及するような言い方にならないよう、やんわりと聞く。

「迷惑だった？」

元哉は俯いてグラスの中身に視線を落としたまま、投げやりと不安が入り交じった声を出す。

「まさか」

憲吾はすぐに否定した。

「きみから来てくれるなんて、すごく嬉しいよ」

これは本音《ほんね》だ。

憲吾の率直な言葉は元哉にも通じたようだった。

元哉がようやく顔を上げる。

白い頬《ほお》にくっきりと残る平手打ちの痕は、あらためて見るととても痛々しい。片頬だけだが、よほど強く殴られたのか、唇の端も僅《わず》かに切れているようだ。

「元哉」

憲吾は胸の奥から込み上げてくるものがあり、一人掛け用の安楽椅子《あんらくいす》を立った。元哉が落ち着くまではそっとしておこうと考えて、あえてソファを避けてそちらに腰を下ろしていたのだが、すぐにでも元哉の肩を抱いてやりたくなったのだ。

元哉は憲吾がすぐ傍《そば》に座り、そっと体を抱き寄せても、おとなしく身を委ねるだけでいつものような虚勢は張らない。

「どうした？　父上の言いつけで見合いでもしてきたのか？」

単なる当て推量に過ぎなかったのだが、たちまち元哉の全身が強張る。

どうやら図星だったようだ。

「……どうして？」

「特に確信があったわけじゃない。きみのそのちょっと華やいで素敵なネクタイを見ていたら思いついただけだ。きみが父上に殴られるようなことになる可能性といったら、そのあたりが一番確率高そうだしな。前にも、そういった件でずいぶんぎくしゃくしたことがあると話してくれていただろう」

ホウ、と元哉が溜息をつく。

「あなたには、隠し事はできないんですね」

「きみと俺の間で、隠し事なんてする必要はないだろう？」

憲吾は真摯《しんし》なまなざしで元哉を見据える。

元哉もコクリと小さく喉仏《のどぼとけ》を上下させ、そうですよね、というように目で応えた。

憲吾は元哉の手からブランデーグラスを取ると、それを自分で一口含み、グラスはマホガニーのセンターテーブルに載せた。

そのまま、小さな顎《あご》を掬い上げて仰向かせ、元哉の唇を塞ぐ。

「ん、うっ……」

口移しにブランデーを送り込まれた元哉が呻《うめ》き声を立てる。

色っぽくて、憲吾はすぐにキスに夢中になった。

打たれた頬を優しく撫《な》でながら、燃えるように熱い口の中を堪能《たんのう》する。最初だけ微《かす》かに感じた鉄錆《てつさび》の味は、すぐにブランデーの強い香りと混ざってわからなくなった。

「んんっ、ん」

「元哉」

ソファのスプリングが微かに軋む。

憲吾は元哉の上半身を大きなソファに押し倒し、乱れた髪の中に指を入れて愛撫《あいぶ》した。

「……憲吾」

元哉も切羽詰まった声で憲吾を呼ぶ。

濃密なキスに頭の芯を痺れさせているような恍惚《こうこつ》とした表情をしているのが、ひどく扇情《せんじょう》的《てき》に感じられて、憲吾はますます高揚した。

「騙《だま》し討《う》ちにあわされたんです」

元哉が熱い吐息の間に、今日の出来事を話しだした。

「大事な取引先との食事に息子の僕も顔を出すように先方が強く希望していると言われて」

「なるほど。行ってみたら見合いだったというわけか」

よくある話だ。

元哉は悔しさを頭に甦《よみがえ》らせたのか、憲吾の舌を強く吸ってきた。

今夜の元哉はずいぶん積極的になっている。それだけ憤《いきどお》りが強くて、苛立っているのだろう。

「その見合い相手とは、今日一日付き合ってきたのか？」

「仕方がないでしょう？」

僕の意思じゃない、と言うように、元哉が充血して潤《うる》んだ目で憲吾を見上げる。その瞳は明らかに欲情していて、憲吾はゾクッとした。やけくそでも何でも、元哉は激しく憲吾を求めているのだ。こんな目で見つめられて誘われたら、憲吾はとても理性を保っていられない。

「夕方になって家に帰ると、さっそく父が式の日取りを決めるぞと言ったんです。僕は驚いてしまって、受ける気はないと断った」

元哉はそこで少しはにかんだ。

「――好きな人が、いるって……言ったんです」

「元哉」

憲吾はまさかという気持ちで目を瞠《みは》った。

「安心してください。あなたの名前は出していません。ただ、相手が同性だってことだけは、成り行きから言わざるを得なくなったんです」

「それで、殴られたのか」

「仕方ないですよね」

元哉は淡々として、人ごとのように言った。

しかし、憲吾としては「仕方ない」では片づけられない気持ちだ。なんて無茶をするんだ、と元哉の大胆さに呆れると同時に、深い愛情がふつふつと湧き立ってくるのを感じ、細い体を強く抱き竦《すく》める。嬉《うれ》しかった。元哉の気持ちがそこまで強くなっていたとは思いもしなかった。付き合い始めてからこの二ヶ月の間というもの、憲吾がデートに誘っても、元哉は格別嬉しそうな顔や楽しそうな顔はしないし、自分から逢いたがってくれたこともない。もちろん今夜のように突然部屋を訪ねてきたのも初めてだ。だが、そういう表面に見えていたこととは逆に、元哉の胸の中では憲吾の存在は確実に大きくなっていたらしい。憲吾は気づかなかった自分の迂闊《うかつ》さに舌打ちしたくなる。

「すまん」

憲吾は元哉の顔を両手で挟み、心から詫びた。

「俺がもっとしっかりしていればよかったんだ。きみが殴られる前に、俺が父上にきちんと話をして、殴られていればよかった」

「そんなこと、僕は嫌です」

元哉は気恥ずかしげに視線を逸《そ》らす。長い睫毛が二度ほど瞬《またた》いた。

「それより、もっと抱いてください」

「元哉」

憲吾は元哉の体をいっそう強く抱き竦めた。

赤く色づいた唇の隙間《すきま》から、長い吐息が零《こぼ》れる。元哉も憲吾の背に腕を回してきて、しっかりと抱きついてくる。

「ここに、越してこないか」

「そうしたいのは山々ですけど」

元哉は躊躇《ためら》う。

「……そんなことをしたら、きっとあなたの迷惑になります。父に、僕の相手があなただとばれてしまうし。もしかすると父は卑怯な手であなたの仕事を邪魔して、失脚させるようなことを画策するかもしれない」

「確かにそういう不安はあるが、俺はきみを一人にしておきたくないんだ」

「憲吾」

背中を抱く腕にさらに力が入る。

憲吾は元哉の唇を優しく吸い、髪を撫でた。

「愛してる」

耳元で囁くと、元哉の長い睫毛《まつげ》が恥じらうように揺れる。

「ベッドに、行こうか？」

「……はい」

元哉はごくりと唾を飲みながら頷《うなず》き、熱の籠《こ》もった息を吐く。

「今夜こそは、最後までちゃんとして……」

欲しいから——と元哉が色っぽく囁《ささや》いた。

体がいっきに熱を持つ。

憲吾は元哉の尖った鎖骨の真上にくっきりと痕がつくようなキスをして、細い体をソファから抱き上げた。

＊

シーツの上に四《よ》つん這《ば》いにさせると元哉は羞恥《しゅうち》に唇を嚙《か》んだが、文句は言わなかった。

「腰、もう少し上げて」

「憲吾……」

いい子だから、と憲吾は元哉の背筋に唇を這わせて宥《なだ》める。そして、股間に回した手でさっき放ったばかりのものを握り込み、やわやわと揉みしだくと、元哉は枕に顔を埋めて喘《あえ》ぎ声を押し殺す。落ち着いたばかりだった陰茎は、まだ快感の余韻に浸っていた元哉の体に瞬く間に新たな火をつけたようだ。

「あっ……あ、あ……」

元哉がぎゅっと枕《まくら》の縁を握りしめ、横向きにした顔を歪ませる。立てた太股《ふともも》はピクピクと引きつり、自然と腰が揺れ始める。

「いやだ、いた、い。もう、触らないで……あ」

「だけどまた硬くなってきてる」

「あ、うっ、う」

「こっちも、尖ったままだ」

憲吾はもう一方の手を元哉の胸にやり、左右の突起を交互に摘んで指の腹で磨り潰すように刺激した。元哉の声が一段と切羽詰まったものになる。

「色っぽいな……元哉」

きっと誰も、昼間の姿からは元哉のこんな顔や声を想像できないだろう。

「憲吾。憲吾……っ」

「わかってる。今夜は――いいんだろう?」

憲吾は胸を弄《いじ》っていた手を離すと、そっと元哉の後ろの窄《すぼ》まりに指を触れさせた。ビクッと元哉の体に戦《おのの》きが走る。

初めてなのだ。自分から望んでも、どうしても怖いという気持ちが拭えないらしい。

今夜、憲吾は元哉と初めて体を繋ごうとしている。これまではずっと互いに手や口で満たし合ってきた。それは、未経験の元哉に無理をさせたくなかったためと、本気で元哉が後悔しないと自分から確信できるようになるまで、待ってやりたかったからだ。

「俺を信じて体の力を抜いていろ」

憲吾は元哉の横顔に打ちかかる髪を払いのけて上気した頬にキスを落とし、優しい命令口調で囁いた。こく、と元哉が素直に頷く。その仕草が妙に幼くて頼りなく、憲吾は愛しさで胸がいっぱいになった。

「優しくするよ。……できるだけ、元哉が辛くないようにしてやりたい」

憲吾は体を起こすと、サイドチェストの引き出しから潤滑剤を取った。それを手のひらに取って、きつく閉じ合わさっている部分を濡《ぬ》らす。本当はここにもキスをして舌で舐めて解してやりたかったのだが、いきなりそんなことをすると、元哉があまりにも動揺するのではないかと思って遠慮した。それは元哉がもっと慣れてから楽しめばいい。

入口を濡らす行為だけでも元哉はあえかな声を洩《も》らし、ぶるっと細い顎を震わせた。

軽く唇を嚙む。瞼はしっかりと閉ざしたままだ。

憲吾は元哉の表情に気を配りつつ、ゆっくりと濡れた人差し指を中心に潜らせていった。

「んん……っ!」

シーツに落とした元哉の肩が揺れる。

「痛いか?」

元哉は即座に首を振り、否定した。

それに勇気づけられて憲吾はさらに指を奥に進める。元哉の中は狭く、指一本受け入れさせるのにも慎重になった。強い抵抗が指にかかる。それでも、絡みついてくる粘膜の壁を抉《えぐ》るようにして、付け根まで収めた。

ハアッと元哉が大きな息を吐く。

憲吾は緊張している背中にキスをいくつも落とし、中でじわじわと指を動かした。

「ああ、あ、あっ」

元哉の声にははっきりと艶《つや》が混じっている。

憲吾は股間で揺れているものを確かめた。萎《な》えるどころかさっき弄っていたときよりも硬度を増している。おまけに先端がじっとりと濡れていた。奥を弄られて、感じているのだ。どうやら元哉は並以上に後ろで感じることができるようだ。

「痛かったらすぐにやめるから、ちゃんとそう言えよ」

「んっ、く……、あ」

指を抜き差しさせる動きを徐々に速くしながら、同時に陰茎にも的確な愛撫を与えてやる。

「ああ、あ、あっ、いや。いやだ」

次第に元哉は自分からも腰をゆらゆらと動かしだした。

全身の熱も高まっているようで、白い肌が綺麗《きれい》な桜色に染まっている。

頃合いを見計らい、中指も入れた。最初は狭すぎてどうしようかと不安に思うほどだった筒もずいぶん緊張が解れている。締めつけはすごいが、押し開かせると二本の指を最奥まで呑み込んだ。

「ううう――！」

元哉の目からぽろぽろと涙の粒が落ちる。

それでも、痛いからやめてとは決して口にしない。

「大丈夫か？」

はっきり言って、憲吾のものは指二本よりは嵩《かさ》がある。長さもかなり違う。元哉にとっては凶器を受け入れさせられるように辛いのではないかと心配だ。

「もっとじっくりと慣らしてからでも、俺はいいぞ？」

「嫌だ」

元哉が涙目で憲吾を睨《にら》んでくる。

「元哉」

憲吾は当惑し、綺麗な白皙《はくせき》にそっと指を触れさせた。零したばかりの熱い涙で指の腹が濡れる。

「……今夜、ひとつに、なりたい」

元哉の真剣さに、憲吾はちらりとでも途中で退こうと考えたことを反省した。

「痛くてもいい。僕はそんなに柔じゃない」

今夜してくれないのなら別れる、とまで元哉は言った。

憲吾は「わかったから」と元哉の鼻の頭にもキスをして、二本の指で十分に内部を押し広げた。

粘膜が擦《こす》れる淫靡《いんび》な音が寝室の中に響く。

「あっ、あっ……あ、あぁあ」

元哉の喘ぎ声が次第に切羽詰まってきた。

男の弱い部分を指先でまさぐってやると惑乱《わくらん》した叫び声を上げ、シーツにぱたぱたと淫液を落とし、胴震いしながら泣いた。

もうそろそろいいかもしれない。

憲吾は元哉の体が内側から刺激されて官能を極めた余韻に乗じて、硬く張りつめていた自分のものを抜いた指の代わりにあてがった。

ズッと先端を押し入れる。

「あああああっ！」

元哉の背中が弓なりに反り返り、悲鳴が上がる。

「元哉。元哉……もう……」

このまま身を進めたら元哉を壊してしまうかもしれないと一瞬躊躇《ちゅうちょ》したが、元哉が荒い息の下から「……入れて、全部……」と掠《かす》れそうな声で言ったので、迷いを捨てた。

狭い通路をこじ開けながら奥まで突き上げる。

「ううっ、あ、あ――――！」

「元哉！」

憲吾は元哉の中にすべて収めると、息を乱して喘いでいる元哉にありったけの愛情を込めたキスをした。肩やうなじ、横向きになった頬、唇の端、瞼《まぶた》、額《ひたい》。

元哉の熱く湿った内側がビクビクと蠕動《ぜんどう》し、憲吾のものを引き絞る。

憲吾は眩暈《めまい》を覚えるほど気持ちよかった。

キスしている間倒していた上体を起こして、今にも崩れそうな元哉の腰を両腕で支え、自分の腹に引き寄せる。

「やっ、あああ、あ！」

いっそう奥まで憲吾のものが届いたせいで元哉が悲鳴を上げて背中をのたうたせた。

「動いていいか?」

憲吾の声も激しい興奮のため掠れ気味になる。ここでだめだと言われても、きっともう中断できない予感がする。

元哉は体の力を抜いて憲吾を誘った。

憲吾は元哉が少しでも悦楽を感じてくれることを願い、慎重に腰を引き、押し戻す。抽挿《ちゅうそう》は最初ゆるやかに、できる限り優しく、と心がけた。

そうして元哉を慣らしてやりながら行為を続けていると、徐々に元哉の唇から色めいた喘ぎ声が洩れるようになってきた。

「元哉。気持ちいい、か……? 少しはきみも、いいか?」

「あっあっ、あ。んっ」

鼻にかかった甘い声で応えた元哉に、憲吾は今まで感じたこともないほどの幸福を覚えた。

いったん抜いて、元哉の体を仰向《あおむ》けにする。

「うう——!」

抜かれた衝撃に元哉が眉根を寄せて呻く。

憲吾は元哉の太股を抱え上げ、今度は前からいっきに挿入し直した。

元哉が堪《こら》えきれなかったように激しい嬌声《きょうせい》を上げ、顎を仰《の》け反《ぞ》らせる。

「ああ、元哉！」

熱っぽい口調で憲吾は元哉を呼び、正面から強く抱き竦めた。

「け、んご」

元哉も憲吾の背中に両腕を回してくる。

二人は抱き合ったまま深いキスを交わした。

やっと本当に結ばれた気がして、感動で涙が湧《わ》いてくる。

泣いているのは元哉も同じだ。

元哉はぽろぽろと涙の粒を転がり落としつつ泣いていた。とても綺麗で、憲吾は見惚《みと》れてしまう。

「俺はきみのものだ」

「……僕も……」

そこから先を元哉は喉を詰まらせてしまい、言えなかった。

けれど、言葉にしてもらうまでもなく、憲吾にはちゃんと通じたのだった。

不器用な乱入者

どうもこのところ誰かに尾《つ》けられている気がする。

憲吾《けんご》がそんなふうに感じだしてから五日ほど経った頃、事務所に予期せぬ来客があった。

「深水《ふかみ》と申します」

憲吾と同じくらい長身で肩幅が広く、惚れ惚れするような立派な体軀《たいく》をした若者は、まったく臆《おく》した様子も見せずに名刺を差し出してきた。

深水純哉《じゅんや》――財閥系の大企業、松居《まつい》商事の営業統括本部勤務となっている。言わずもがな、元哉《もとや》の二歳下の弟だ。

なるほど彼が、と憲吾は純哉を前にして元哉がコンプレックスを抱くのもわからなくはないと納得するところがあった。繊細《せんさい》な美貌《びぼう》、神経質そうな雰囲気の元哉と彼とを並べてみたら、ほとんどの人が純哉のほうを兄だと思うだろう。まだ二十三歳、去年まで大学生だったとは信じられないほど落ち着き払い、堂々としている。意志の強そうなまなざし、きりりとした眉《まゆ》が印象的な整った面立ち。元哉はあまり似ていないと言っていたが、目や口元がそっくりだ。ただし、全体的な印象は確かに違っていた。

「弁護士としてのわたしにご用があるのではない――ようですね?」

「そのとおりです。本日こちらにお邪魔したのは、兄の元哉のことでです」

まっすぐにこちらを見据え、いくぶん居丈高《いたけだか》な調子で話す純哉に、憲吾はなるほどと思った。

どうやら純哉は調査会社かなにかに依頼して、しばらく憲吾のことを調べさせていたようだ。いよいよ父親と決裂しそうな元哉を案じ、恋人だという相手がどんな男か探らずにはいられなかったのだろう。

「どうぞ、おかけください」

受付に立ったままできる話ではなさそうだったので、憲吾は純哉を奥の応接スペースに案内した。

純哉は無遠慮に事務所内を見渡すと、フッと冷笑を浮かべる。

「ずいぶん手狭《てぜま》なところで営業なさってるんですね。もしかして、事務のお仕事もあなたがご自分で兼務なさっているのですか？」

「ああ、いえ、助手兼事務の男性が一人いますが、今たまたま外に出ております」

見下され、皮肉られているのは明らかだったが、憲吾は穏やかに説明した。

「そんなわけですから、お茶もわたしがご用意します。コーヒー、紅茶、煎茶、どれがお好みですか」

「どれも結構です。お気遣《きづか》いなく」

それよりあなたも座ってください、と鋭い目つきで促される。

本当は自分なんかより年輩なんじゃないのかと疑いたくなるほど純哉は威厳があって、ともすれば横柄にすら感じられる。あえて言うなら、ピリピリと棘《とげ》だった雰囲気を醸《かも》し出してしまうところに若さが窺《うかが》えるだろうか。自信家でプライドも相当高そうだ。手強い相手だなと憲吾は気を引き締めた。

憲吾が向かいの椅子《いす》に腰を下ろすのを待ちかねたように、純哉はのっけから敵愾心《てきがいしん》を露《あらわ》にしてきた。

「さっそくですが、兄と別れてくださいませんか」

あまりの単刀直入さに、憲吾は何を言われるのか覚悟していたとはいえ、さすがに虚を衝かれた。

「……面白い冗談ですね」

気を取り直してにっこり笑って返したが、純哉の頑《かたく》なそうな気持ちは僅《わず》かも解《ほぐ》れた気配はない。むしろ、冗談なんかではないと眉間の皺《しわ》を深くさせてしまっただけだった。

「実はこの数日、あなたのことをいろいろと調べさせていただきました」

純哉はまったく悪びれた様子もなく、むしろ当然の権利であるかのごとく言う。

「検事から弁護士に転向されてまだ二年、いちおう事務所は構えておいでだが、普段は民事事件を中心に細々とやっている程度で、年収は検事時代と同じか劣るくらい。お住まいも賃貸マンションで不動産等の財産はなし。身持ちはお堅いようなので兄を騙《だま》しているとまでは考えませんが、あなたが兄にふさわしくないのは確かです」

「それはつまり、資産とか社会的な地位という意味でですか」

この際だったので憲吾は純哉の言い分を、腰を据えて聞くことにした。普通は男同士という点が最も大きな障害なのではないかと突っ込みたい気もしたが、へたに感情を害させるとつむじを曲げていよいよとりつく島がなくなりそうで控える。

そうです、と純哉はそっけなく肯定する。

憲吾はなんだかおかしな気分になってきた。

「では、もしわたしが世間に名の通った弁護士で、深水家のご長男をもらっても不足のない立場の人間だったなら、あなたは我々の関係をお認めになるのでしょうか」

「我々の関係、などと軽々しく口にしないでください」

純哉の顔があからさまな嫌悪を帯びる。

苦々しげに顰《しか》められた純哉の顔を見ているうちに、憲吾は純哉のそれが子どもの癇癪《かんしゃく》に近い気がしてきた。大事な兄を取られるのが嫌で必死になっているような、そんな感情が心の奥に潜んでいて、抗議しにきた最大の原因はむしろ単純なやきもちではないかと想像される。

「兄にはいずれ釣り合いの取れた女性と結婚してもらいます。父もそのつもりです。この間の見合いは残念な結果になりましたが、父は兄の勝手を許したわけではありません。深水家の人間なら、深水家の役に立つのは当然のこと、義務です」

「あなたはお兄さんと不仲なんですか?」

憲吾は静かに、だが、鋭く切り込んだ。

ピクリと純哉の頬《ほお》の肉が引きつる。

「……仲がいいとは言えないでしょう」

憲吾と元哉の仲を考えれば口先だけの誤魔化しは通用しないと踏んだのか、純哉は一瞬の躊《ため》躇《ら》いのあと投げやりな調子で答えた。

「兄は私を嫌って避けている。昔からです。最近ではほとんど口をきくこともなくなった。意地っ張りで強情な人ですからね。こうと決めたら梃《て》子《こ》でも動かせないところがある」

「だから、直接わたしのほうに別れるよう言いに来たわけだ」

「そうですよ。悪いですか?」

腹立たしげに眉尻を吊り上げ、目を怒らせる純哉に、憲吾はいよいよきかん気の子どもっぽさを感じた。彼の本心は実際にはどこにあるのか、確かめずにはいられなくなる。

「別れるか別れないか、決めるのは元哉だ」

憲吾は丁寧《ていねい》な喋《しゃべ》り方をするのをやめて、ざっくばらんに腹を割ることにした。

その決意が純哉にも伝わったらしく、それまではこちらの話など聞く耳を持たないかのごとく喧嘩腰だった態度が心持ち和らぐのが感じ取れた。

「俺の気持ちははっきりしている。彼を愛しているから別れようなんて思わない。必要なら父上にも挨拶《あいさつ》に行くつもりだ」

「父に？　ばかを言わないでください！　そんなことをすればまた兄が殴られる。そして今度こそ勘当だ。そんなことになったらあなたに責任が取れるんですか。兄を不幸にするだけでしょう！　私は一生あなたを恨みますよ」

「まいったな。きみの目には俺がそんなに甲斐性《かいしょう》のないろくでなしに見えるのか」

「ええ。私のほうがまだましなんじゃないですか」

純哉はいちいち言うことがきつい。その上、容赦なしだ。並々ならぬ自負心を持っていて、一歩も退くつもりがなさそうなところなど、己に対する迷いのなさに感心するほどだ。

「だけど、元哉は俺を愛しているんだぜ」

ここはもはや照れくささになど負けられず、憲吾はきっぱりと言ってのけた。

「な……っ！」

みるみるうちに純哉の顔が赤くなる。怒りもあるだろうが、それよりむしろ惚気話《のろけばなし》を聞かされた気恥ずかしさからくる火照りのようだ。

「あ、兄は一時的に血迷っているだけです。冷静になったら何が大切かわかる。家族を捨ててしがない弁護士のあなたを取るなんて損な選択、するはずがないんです」

「あいにくだが、恋愛は損得勘定でするものじゃない。損をするとわかっていてもやめられないのが恋というものだ。だからといって、元哉が俺といるのがまったくの損だと言ってしまえるほど俺は自分を卑下《ひげ》してないけどね」

「……兄は間違っています」

とうとう純哉の声から強気な響きがなくなった。

悔しそうに唇を噛《か》み、膝《ひざ》の上に置いた手でグッと拳を握る。スーツの着こなしからして堂に入ったエグゼクティブ然とした青年も、ひとたび感情を乱すと即座には立て直しが利かないらしい。純哉の弱点は元哉なのだ。もしかすると今のところ唯一の弱点かもしれない。怖いもの知らずの態度を見ていると、そんなふうに思えてくる。

「きみは元哉が好きなんだな」

「べつに」

純哉の反応は早かった。そして、違うと否定はしない。憲吾は純哉の本音《ほんね》にやっと辿《たど》り着いた手応えを覚え、フッと口元を緩《ゆる》ませた。

「な、なんですか……！」

先ほどまでの不遜《ふそん》な態度が嘘《うそ》のように、純哉は二十三歳のまだ社会人になりたての青年らしい顔をする。今この場にもし元哉がいたならば、きっと元哉も純哉に対する感じ方を変え、少しは肩の力が抜けたに違いない。

「いや。べつに」

同じように返した憲吾を純哉はムッとして睨《にら》む。

「よりにもよって兄の選択は最悪だ。甲斐性はそこそこしかないのに自信だけは満々で、神経質で打たれ弱いくせに負けず嫌いで意地っ張りの兄とうまくやっていけると自惚れている」

「だから、きみの理解が必要だ」

憲吾は真面目な顔つきをして言った。

そうくるとは思ってもみなかったような表情で純哉は目を眇《すが》める。

「私が理解なんてすると期待しているわけですか。呆れた」

「するさ。きみは、種類は違っても俺と同じくらい元哉が好きで、大切にしたいと思っているようだからね」

「……ばかばかしい。帰ります」

勢いよく立ち上がった純哉を憲吾は引き止めなかった。

「今夜、元哉と会う約束をしている。きみが会いに来てくれたと言っておこう」

「よけいなことは言わないでください！」

純哉の狼狽《ろうばい》ぶりは尋常でなかった。

大股で歩き出した足をぴたりと止めて振り返ると、怖い顔で椅子に座ったままの憲吾を睨みつけてくる。瞳には憤《いきどお》りだけでなく困惑と動揺も浮かんでいた。

「元哉が好きじゃないんなら、どう思われたってかまわないんじゃないか？」

わざと意地悪に言ってやると、純哉はますます追い詰められた表情になった。

「好きじゃないなんて言ってないでしょう」

「きみも強情だな」

元哉とそっくりだ。

憲吾はおかしくなって苦笑せずにはいられなくなる。

やはり血は争えない、兄弟だなと思う。

「何がおかしいんです？　失敬な人ですね」

「ああ、申し訳ない。ただ、俺は、きみが羨《うらや》ましいと思っただけだ」

「羨ましい？」

訝《いぶか》しげに聞き返され、憲吾ははっきりと頷《うなず》いた。

「生まれたときからずっと元哉の傍《そば》にいられたきみが羨ましいと言ったんだ。俺はまだ元哉をほんの何ヶ月かしか知らない。それを考えると、弟のきみにはある意味一生敵《かな》わないんだなと思って、それでもなお元哉を俺に渡すまいとするきみの欲張りさが恨めしくもなった」

「兄を独り占めしたくて別れてくれと頼みにきたわけではありません」

純哉は心外そうに言う。

だが、憲吾はフッと笑って取り合わなかった。

「きみは元哉が本気だとわかってるんだ。だから元哉には何も告げずに俺のところに来た。元哉が本気じゃないなら、わざわざ俺を訪ねる必要なんかない。そしてきみは今日、俺も本気だと悟ったはずだ。それでも別れろと言うのなら、それはきみのエゴだ。独占欲だ。きみは本当は元哉が……」

「もういい、そこまでで結構です！」

純哉は茹《ゆ》で蛸《だこ》のように真っ赤になっていた。首筋から耳朶《じだ》から全部赤くしている。

そのとき、事務所の電話が鳴りだした。あいにく憲吾以外に取るものはいない。

「いいかな、これで失礼しても？」

「勝手にしてください」

純哉は忌々《いまいま》しそうにしながらもどこか吹っ切れた調子で言い添える。

「あなたも兄も、好きなら好きなだけ勝手にすればいい」

そして、靴音も荒々しく帰っていったのだった。

あとがき

このたびは拙著をお手にとってくださいまして、どうもありがとうございます。

本作は「金のひまわり」と世界を一つにする作品です。主人公二人はこちらで初登場するキャラクターですが、白石や東原、そして泉樹といった面々はすでにお馴染みの方もいらっしゃるかと思います。

今回、弁護士と新米検事という組み合わせだったため、前半部分は事件に関する描写が多く、このたびの文庫化であらためて読み返してみると、執筆当時には気づかなかった点を校正の際にちょこちょこご指摘いただいていて赤面。修正しながら辻褄を合わせるのに苦労しました。その分、初出のときよりわかりやすくなっていればよいのですが。

突っ張って喧嘩腰でツンツンしているんだけれど、その実傷つきやすくて不器用という受さんは定期的に書きたくなります。元哉の場合、相手の憲吾が八つも年上で包容力のある男なので、たいがいのわがままは受け止めてくれそうです。白石と泉樹ではなんとなく泉樹のほうが振り回されがちで気の毒ですが、元哉は憲吾にこれから先ずっと甘やかしてもらえそう。作者としてもひと安心（笑）です。

書き下ろしのショートには元哉と二つ違いの弟が出てきます。どうやら私は、綺麗なお兄さんを密かに慕う出来のいい弟（年齢差一つか二つ）という設定がツボのようでして、これを書いている間中ウキウキしていました。弟が攻さまに思いきりやきもちを焼いているところが好きです。短い話ですが皆様にもお楽しみいただけますと幸いです。

イラストは蓮川愛先生に初出時描いていただいていたものをこちらでも使わせていただきました。美人の元哉とハンサムな憲吾を久しぶりに見て、やっぱり私の脳内で動いていた二人のイメージにぴったりだなと再認識いたしました。素敵なイラストを本当にどうもありがとうございます。

制作にご尽力くださいましたスタッフの皆様にも厚くお礼申し上げます。

読者様には、ご意見ご感想等お気軽にお聞かせいただけますと嬉しいです。

今後のお仕事予定は公式サイト内に設置したWork Blogにて随時お知らせしております。どうぞよろしくお願いいたします。

それではまた。

遠野春日拝

公式サイト　http://www.t-haruhi.com/（２０１０年１月現在）

初出一覧

夜には甘く口説かれて

ある夜の幸福

※上記の作品は「夜には甘く口説かれて」（'03年6月リーフ出版刊）として刊行されました。

不器用な乱入者　/書き下ろし

B-PRINCE文庫をお買い上げいただきありがとうございます。
先生へのファンレターはこちらにお送りください。
〒162-0825　東京都新宿区神楽坂6-46　ローベル神楽坂ビル4階
リブレ出版(株)内　編集部

B♥PRINCE
http://b-prince.com

夜《よる》には甘《あま》く口《く》説《ど》かれて

発行　2010年1月7日　初版発行

著者｜遠野春日
©2010 Haruhi Tono

発行者｜髙野 潔
出版企画・編集｜リブレ出版株式会社
発行所｜株式会社アスキー・メディアワークス
〒160-8326　東京都新宿区西新宿4-34-7
☎03-6866-7323（編集）
発売元｜株式会社角川グループパブリッシング
〒102-8177　東京都千代田区富士見2-13-3
☎03-3238-8605（営業）
印刷・製本｜株式会社暁印刷

Printed in Japan
ISBN978-4-04-868263-3 C0193

遠野春日
HARUHI TONO
蓮川 愛
AI HASUKAWA
まなざしの誘惑《ゆうわく》
冷静な瞳の奥の、愛が欲しくて。
父の秘書・大成の激情をぶつけて欲しくて、出張ホストのアルバイトをする聖。その想いは燃え上がり!?

B-PRINCE文庫

好評発売中!!

メガネの貴公子《プリンス》

著◆須坂 蒼
イラスト◆祭河ななを

**「御曹司との
ラブロマンス♥」**

メガネ界のプリンス・神威に見初められ、デザイナーとなったひなた。華やかな世界と神威に翻弄され…。

有栖川家の花嫁

著◆雪代鞠絵
イラスト◆一馬友巳

**「花嫁は純潔を
奪われて…!?」**

水晶は、姉の身代わりとして名門・有栖川家の当主の花嫁となる。尊大な男に純潔を奪われ、快楽に啼いて…。

好評発売中!!